戦国ベースボール

三国志トーナメント編④決勝！信長vs呂布

りょくち真太・作
トリバタケハルノブ・絵

集英社みらい文庫

桶狭間《おけはざま》ファルコンズ OKEHAZAMA Falcons

5番《ばん》・セカンド
十文字槍《じゅうもんじやり》の名手《めいしゅ》
真田幸村《さなだゆきむら》
6番《ばん》・センター
無敵《むてき》のバットコントロール
本多忠勝《ほんだただかつ》
2番《ばん》・ショート
折《お》れないチームプレー
毛利元就《もうりもとなり》
3番《ばん》・サード
すて身《み》の独眼竜《どくがんりゅう》
伊達政宗《だてまさむね》
1番《ばん》・レフト
最強《さいきょう》のかぶき者《もの》
前田慶次《まえだけいじ》
7番《ばん》・キャッチャー
粘《ねば》りの名人《めいじん》
徳川家康《とくがわいえやす》

魏《ぎ》アンチヒーローズ 魏 Anti HEROES

7番《ばん》・レフト
ミスターフルスイング
張遼《ちょうりょう》
9番《ばん》・セカンド
策略《さくりゃく》の使《つか》い手《て》
荀攸《じゅんゆう》
6番《ばん》・ファースト
百万馬力《ひゃくまんばりき》の大怪物《ビッグモンスター》
許褚《きょちょ》
5番《ばん》・ライト
大陸《たいりく》が生《う》んだ安打製造機《ヒットメーカー》
司馬懿《しばい》
2番《ばん》・サード
隻眼《せきがん》の鬼将軍《おにしょうぐん》
夏侯惇《かこうとん》

ついに決勝戦!!!

信長VS呂布 頂上決戦!!!

百年に一度の地獄三国志トーナメントもいよいよ本日決勝戦。並みいる強豪を打ち破って決勝に進出したのは、魏アンチヒーローズと桶狭間ファルコンズ。魏アンチヒーローズの決勝進出は誰しもが予想したとおりだが、

はない。なぜなら勝ちあがった理由が運ではなく、実力派の呉レッドクリフターズと蜀ファイブタイガースを撃破してきた実力だからだ。それでも専門家によれば、まだ実力差は歴然。しかも今年、魏はFAで最強武将の呂布まで入団させ、必勝の態

り！　魏武の強は！　はじまるのだ！　むこう千年の！　魏の天下は約束される！」と、鼻息が荒い。しかし桶狭間もただ指をくわえているわけではない。その実力差は自覚しており、それをカバーするために地獄中の地獄と名高いあの赤壁で、一週間のミニキャンプをかんこうし

いたようだ。選手のひとりはいう。「ありゃ本当の地獄じゃった。バナナものどをとおらんほどじゃ」記者も様子を外から見ていたが、気絶していた選手も見られ、風景はそうぜつだった。ただ最終日には選手それぞれが練習ノルマをはたしており、とくに投手の山田虎太郎は『神風ライジング』と呼ばれる魔球ま

桶狭間ファルコンズ
呉レッドクリフターズ
蜀ファイブタイガース
古代サンライズ
群雄イエローキャップス
川中島サンダース
魏アンチヒーローズ
幕末レッドスターズ

優勝

戦国《せんごく》ベースボール
SENGOKU-BASEBALL

三国志《さんごくし》トーナメント編《へん》④ 決勝《けっしょう》！信長《のぶなが》vs呂布《りょふ》

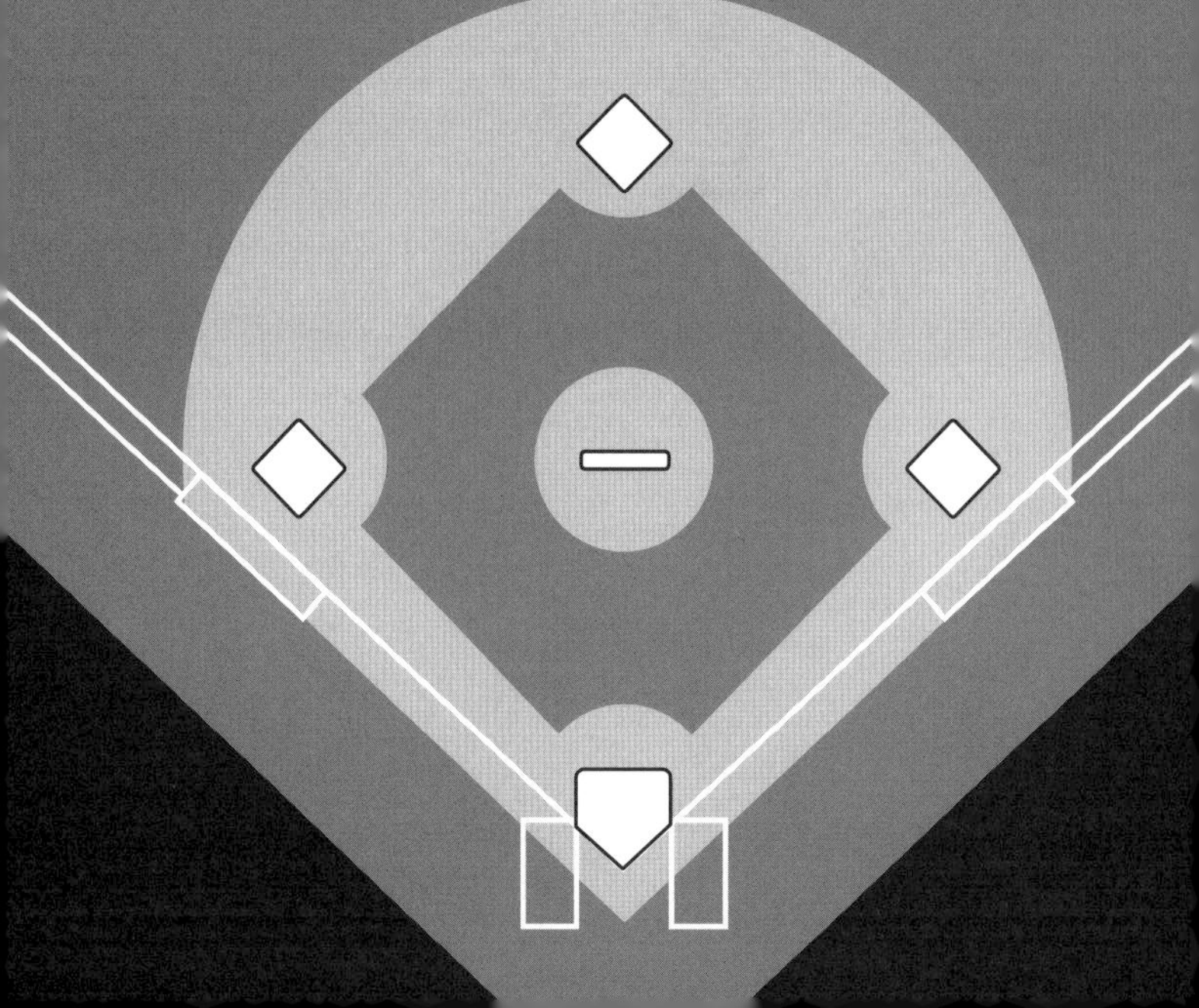

1章《しょう》　主《しゅ》将《しょう》・山《やま》田《だ》虎《こ》太《た》郎《ろう》

地獄三国志トーナメント
決勝戦

試合開始までもうしばらく
お待ちください
★★★満員御礼★★★

遠《とお》いむかし、中国《ちゅうごく》の三国時代《さんごくじだい》。

そこは三人《にん》の英雄《えいゆう》、曹操《そうそう》、劉備《りゅうび》、孫権《そんけん》が天下《てんか》をかけてあらそう世《よ》の中《なか》でした。

自分《じぶん》こそが、この乱《みだ》れた世《よ》の中《なか》を平和《へいわ》にしてみせる。

三人《にん》はそう思《おも》いながら戦《いくさ》をくりかえしますが、とうとう現世《げんせ》では決着《けっちゃく》はつかずじまい。

あらそいの場《ば》を地獄《じごく》にうつし、平和的《へいわてき》に野球《やきゅう》で決着《けっちゃく》をつけることにしました。

しかし三人《にん》の英雄《えいゆう》のかげに、孤高《ここう》の戦士《せんし》、呂布《りょふ》がいたことも、わすれてはいけません。

強《つよ》さこそは正義《せいぎ》。強《つよ》さこそはすべて。強《つよ》いヤツは生《い》きのこり、弱《よわ》いヤツが死《し》ぬ。群《む》れているのは弱《よわ》いヤツらで、強《つよ》いヤツはひとりですべてを打《う》ちくだく。

小《ちい》さいころからそう教《おし》えられた呂布《りょふ》は自分《じぶん》の強《つよ》さだけを信《しん》じ、やがては三国時代最強《さんごくじだいさいきょう》の武将《ぶしょう》と呼《よ》ばれるようになりました。

そんな呂布《りょふ》ですから、地獄《じごく》で野球《やきゅう》をするようになっても、いろんなチームを渡《わた》りあるきます。そしてどのチームでも活躍《かつやく》し、自分《じぶん》の力《ちから》を見《み》せつけていきました。

いまも、呂布《りょふ》は魏《ぎ》アンチヒーローズで活躍《かつやく》しています。

自分《じぶん》がこの世《よ》で一番強《いちばんつよ》い、仲間《なかま》なんかはいらないと信《しん》じて。

地獄《じごく》

ここは日本地獄《にほんじごく》のお役所《やくしょ》。たくさんの鬼《おに》たちが書類《しょるい》の整理《せいり》をしたり、魂《たましい》のめんどうを見《み》たりして仕事《しごと》をしているところです。

でも、いまだけそれはちがっていました。

鬼《おに》たちはみんな仕事《しごと》をほうりだして、テレビに釘《くぎ》づけになっています。

なぜならそこには地獄《じごく》の野球《やきゅう》チーム、桶狭間《おけはざま》ファルコンズが、とうとうあの地獄三国志《じごくさんごくし》トーナメントの決勝戦《けっしょうせん》に進出《しんしゅつ》して、まさにいまから試合《しあい》がおこなわれるからです。

「いやあ、いよいよだなあ、ファルコンズ」

「うん。まさか決勝《けっしょう》までくるとはなあ。もうそれだけで満足《まんぞく》だよ」

鬼《おに》たちは口々《くちぐち》にそういいます。するとそこへ、えらい部長鬼《ぶちょうおに》があらわれ、

「こら！　おまえたち！」

強《つよ》い口調《くちょう》でそういいました。部下《ぶか》の鬼《おに》はビクリと肩《かた》をすくめますが、

「ここまできたら、優勝《ゆうしょう》にきまってるだろ！」

そういって、みんなとテレビを見《み》はじめます。するとお役所《やくしょ》は大《おお》もりあがり。

そうです。いまや日本《にほん》の地獄中《じごくじゅう》が、ファルコンズの決勝進出《けっしょうしんしゅつ》をよろこび、そしてその勝利《しょうり》を期待《きたい》しているのです。

ですがそんな中《なか》、ひとりだけ心配《しんぱい》そうにテレビを見《み》つめるひとがいます。

それは地獄《じごく》の最高責任者《さいこうせきにんしゃ》、閻魔大王《えんまだいおう》でした。

「あいかわらずみたいだなあ、呂布《りょふ》クン」

そういってテレビを見《み》ながら、閻魔様《えんまさま》は仕事部屋《しごとべや》でひとり、ため息《いき》をつきました。

「まだひとりで戦《たたか》ってる……。生《い》きていたときから、ずっとこうなのに……」

閻魔様《えんまさま》は、呂布《りょふ》が地獄《じごく》へきたときのことを思《おも》いだします。

いつも孤独《こどく》な呂布《りょふ》は、地獄《じごく》へきてからも、さびしそうにひとりで体《からだ》を鍛《きた》えていました。

でも閻魔様《えんまさま》には、呂布《りょふ》のその目《め》が仲間《なかま》をほしがっているようにも見《み》えました。

そこで閻魔様《えんまさま》は呂布《りょふ》へ、他《ほか》の武将《ぶしょう》のように野球《やきゅう》をしてはどうかと持《も》ちかけました。仲間《なかま》をつくるよろこびや、チームプレーの強《つよ》さを教《おし》えたかったからです。

しかし、呂布《りょふ》は強《つよ》すぎました。仲間《なかま》を信《しん》じなくても試合《しあい》には勝《か》てるので、みんなにとっても呂布《りょふ》にとっても、チームプレーは必要《ひつよう》ないものでした。呂布《りょふ》はチームプレーの大切《たいせつ》さがわからないまま、仲間《なかま》とのみぞをうめることができません。

だから、呂布《りょふ》はいまでも孤独《こどく》なままです。いろんなチームを渡《わた》りあるくのは、ひょっとすると仲間《なかま》をもとめつづけているからかもしれません。

閻魔様《えんまさま》はそれが心配《しんぱい》です。ひと

りの強《つよ》さだけでは限界《げんかい》があることや、チームの中《なか》で責任《せきにん》をはたす楽《たの》しさを伝《つた》えてあげたい。そしてそれが閻魔大王《えんまだいおう》としての、自分《じぶん》の役割《やくわり》だと思《おも》っています。

　でも、強《つよ》すぎる呂布《りょふ》にそれを教《おし》えるのはむずかしいことです。信長《のぶなが》でもうまくいくかどうかわかりません。しかし……。

「もしかすると、あの子《こ》なら……」

閻魔様《えんまさま》の頭《あたま》には、ひとりの少年《しょうねん》が思《おも》いうかびます。――呂布《りょふ》と同《おな》じように悩《なや》んできた、あの子《こ》ならできるかもしれない……！

閻魔様《えんまさま》はそう考《かんが》えると、机《つくえ》におかれた電話《でんわ》を手《て》にとります。そして赤壁《せきへき》スタジアムへ電《でん》話《わ》をかけました。

赤壁《せきへき》スタジアム・魏《ぎ》アンチヒーローズベンチ

弱《よわ》いヤツらがたばになっても弱《よわ》いだけだ。

アンチヒーローズベンチに座《すわ》る呂布《りょふ》はそう考《かんが》えます。

そして呂布《りょふ》のベンチのまわりには、誰《だれ》も座《すわ》っていません。遠《とお》まきに自分《じぶん》を見《み》るチームメイトに、呂布《りょふ》はため息《いき》をつきました。

どうして野球《やきゅう》は九人《にん》でプレーするスポーツなのか、呂布《りょふ》にはわかりません。自分《じぶん》ひとりいれば、どんな相手《あいて》にも勝《か》てる自信《じしん》があるからです。むしろ、のこりの八人《にん》はジャマだと思《おも》っていました。

力《ちから》があればそれでいい。それがすべてだ。

地獄《じごく》にくる前《まえ》から、呂布《りょふ》はずっとそう思《おも》っていました。

マックス170キロの剛速球《ごうそっきゅう》。打《う》ってはぶっちぎりの長打力《ちょうだりょく》。呂布《りょふ》にかなう選手《せんしゅ》はどこにもいません。

でも世間《せけん》の人々《ひとびと》には、ずいぶんきらわれているのも知《し》っていました。それがどうしてかわからず、呂布《りょふ》のこころのどこかにはむなしさもありました。

こんなに強《つよ》くて試合《しあい》にはずっと勝《か》っているのに、どうして誰《だれ》も自分《じぶん》と親《した》しくしてくれないんだろう。打《う》ちとけてくれないんだろう。

だから弱《よわ》いヤツはきらいなんだ。誰《だれ》も自分《じぶん》と友《とも》だちになってくれないから。

呂布《りょふ》はまたため息《いき》をつきます。

――仲間《なかま》なんかいらない。いてもジャマなだけだ。

呂布《りょふ》はフンと鼻《はな》を鳴《な》らして、チラリとファルコンズベンチに目《め》をやります。そこでは秀吉《ひでよし》がベンチでずっこけていて、虎太郎《こたろう》がそれを起《お》こしていました。バナナがどうのこうのといっているのが聞《き》こえてきます。

子供《こども》とサルが、なにをやっているんだ。

呂布《りょふ》はくちびるをかみます。おれのほうが強《つよ》いのに。どうしてあいつらには仲間《なかま》がいて、あんなに楽《たの》しそうなんだ。だから弱《よわ》いヤツらはきらいなんだ！

呂布《りょふ》はそう思《おも》いながら、ベンチからでていきます。

試合前《しあいまえ》のキャッチボールをするためでしたが、でも自分《じぶん》のまわりにはボールを受《う》けてくれるひとが見《み》あたりません。しかたなく、呂布《りょふ》はまたベンチにひっこみます。


——だから、きらいなんだ。


呂布《りょふ》のこころは同《おな》じ考《かんが》えをくりかえします。

しかし呂布《りょふ》は気《き》がついていませんでした。

その考《かんが》えかたそのものが、なにより自分《じぶん》を孤独《こどく》にしていることを。そして仲間《なかま》をほしがっているということを。

赤壁《せきへき》スタジアム・桶狭間《おけはざま》ファルコンズベンチ

一方《いっぽう》のファルコンズベンチは、日本勢初進出《にほんぜいはつしんしゅつ》の決勝戦《けっしょうせん》、それも試合前《しあいまえ》とあって、空気《くうき》はとてもはりつめています。

選手《せんしゅ》のみんなが緊張《きんちょう》した顔《かお》つきで試合《しあい》の準備《じゅんび》をしていると、

トゥルルル、トゥルルル

壁《かべ》にひっかけられている電話《でんわ》が、いきなり大《おお》きな音《おと》で鳴《な》りました。

すると一番近《いちばんちか》くにいた秀吉《ひでよし》は、「うわっ」とおどろいてベンチからころげおちます。虎《こ》太郎《たろう》があわてて助《たす》けますが、秀吉《ひでよし》は「バナナでスべった」と、苦《くる》しい上《うえ》に誰《だれ》も聞《き》いていない言《い》い訳《わけ》をつぶやき、受話器《じゅわき》をとりました。

『もしもし、ファルコンズのベンチ?』

電話《でんわ》のむこうの声《こえ》は閻魔様《えんまさま》です。しかし秀吉《ひでよし》は、まだドキドキとあわてたまま。

「そ、そうじゃ。え、えーっと、ラ、ラーメンを九人前《にんまえ》」

『……秀吉《ひでよし》クン、ぼくラーメン屋《や》さんじゃないし、たとえまちがえていたとしても、電話《でんわ》をとったほうが注文《ちゅうもん》するのおかしいから』

「お、おう。そうじゃった」

閻魔様《えんまさま》のツッコミに、秀吉《ひでよし》も我《われ》にかえります。緊張《きんちょう》でどうにかなってしまうほど、ふんいきはりつめたものです。

『あのさ、悪《わる》いけど、秀吉《ひでよし》クン。虎太郎《こたろう》クンに代《か》わってくれるかな』

「虎太郎《こたろう》？　ああ、いいぞい。おーい、虎太郎《こたろう》。閻魔様《えんまさま》じゃぞい」

呼《よ》ばれた虎太郎《こたろう》は、自分《じぶん》を指《ゆび》さして首《くび》をかしげます。

――閻魔様《えんまさま》がなんの用《よう》だろう。

「……もしもし？」

おそるおそる、耳《みみ》に受話器《じゅわき》をあてる虎太郎《こたろう》。はじめて話《はな》す地獄《じごく》の王様《おうさま》に、緊張《きんちょう》ぎみです。

すると、

『じつは君《きみ》にたのみがあるんだ』

閻魔様《えんまさま》はまじめな声《こえ》で、そういいました。

「たのみ、ですか」

『うん。じつは呂布《りょふ》クンのことだけど』

「呂布《りょふ》さん？」

『そう』

閻魔様《えんまさま》はそういって、虎太郎《こたろう》に呂布《りょふ》のことを話《はな》しました。

呂布《りょふ》がチームプレーの強《つよ》さを知《し》らないこと。仲間《なかま》と野球《やきゅう》をするよろこびを知《し》らないこと。

そしてずっと孤独《こどく》であること。だから仲間《なかま》をつくる大切《たいせつ》さを教《おし》えてあげたいこと。

『でも、それを教《おし》えられるひとがいないんだ。そこで、虎太郎《こたろう》クン』

「ぼ、ぼく？」

『そう。ぼくは君《きみ》ならできると思《おも》うんだ』

「ええっ。で、でも、ぼくなんかじゃ……。たとえばそう、信長《のぶなが》さんは？」

『いや。ぼくは君《きみ》のほうがふさわしいと思《おも》ってる』

「ひ、秀吉《ひでよし》さんは？」

『ははは。虎太郎《こたろう》クンのギャグはおもしろいね』

まじめにいったつもりの虎太郎《こたろう》。ギャグだといわれて秀吉《ひでよし》がかわいそうになります。

「でも、どうしてぼくが？　あんな強《つよ》いひとになんて……」

『どうしてって？　それは虎太郎《こたろう》クン。君《きみ》が呂布《りょふ》クンと同《おな》じことに悩《なや》んでいて、そしてそれを克服《こくふく》したからだよ』

「同《おな》じ？」

『そう。虎太郎《こたろう》クンも地獄《じごく》で野球《やきゅう》をはじめたとき、仲間《なかま》を信《しん》じられなくてひとりで野球《やきゅう》をしていた。でも信長《のぶなが》クンやみんなとプレーするうちに、チームプレーの大切《たいせつ》さを知《し》ったはずだよ』

「チ、チ、チームプレ、ー、の……」

そうつぶやいて、虎太郎《こたろう》は思《おも》いだします。

あれはたしか、さいしょに地獄《じごく》へきたときでした。

仲間《なかま》を信《しん》じられず、それが原因《げんいん》で負《ま》けてしまった現世《げんせ》の試合《しあい》。

そのあと虎太郎《こたろう》は地獄《じごく》の野球《やきゅう》チーム、桶狭間《おけはざま》ファルコンズに入団《にゅうだん》します。そしてチームメイトの懸命《けんめい》なプレーをつうじて虎太郎《こたろう》は仲間《なかま》を信頼《しんらい》できるようになり、それを自分《じぶん》の強《つよ》さや、チームの強《つよ》さに変《か》えることができました。それは、とてもこころときめくものでした。

でも、それだけにこうも思《おも》います。

仲間《なかま》を信《しん》じられていない間《あいだ》は、さびしい時間《じかん》だったな、と。


虎太郎《こたろう》は閻魔様《えんまさま》の話《はなし》を聞《き》きながら、相手《あいて》のベンチを見《み》ました。

そこには他《ほか》の選手《せんしゅ》よりも大《おお》きな体《からだ》の呂布《りょふ》がいましたが、彼《かれ》のまわりには誰《だれ》もいません。

呂布《りょふ》はずっとひとりで、腕《うで》をくんで座《すわ》っています。

そういえばはじめて会《あ》ったときもそうでした。アンチヒーローズの試合中《しあいちゅう》なのに、呂布《りょふ》はただひとり、スタンドに座《すわ》って試合《しあい》を見《み》ていたのです。

さびしいだろうな……。

虎太郎《こたろう》の頭《あたま》の中《なか》では、呂布《りょふ》が以前《いぜん》の自分《じぶん》とかさなります。

——ぼくなら、教《おし》えられる？　本当《ほんとう》に？

『もちろん、呂布《りょふ》クンにそれをわかってもらうのは、とてもむずかしいと思《おも》う。アンチヒーローズに勝《か》つだけじゃなくて、チームプレーの強《つよ》さや楽《たの》しさを伝《つた》えられるような勝《か》ちかたじゃないといけない』

「………」

虎太郎《こたろう》はだまってしまいます。

なぜならアンチヒーローズは地獄三国志《じごくさんごくし》でも最強《さいきょう》チーム。曹操《そうそう》がひきいていた強《つよ》いチームに、あの呂布《りょふ》がくわわったのです。苦戦《くせん》しないわけがありません。

たしかにファルコンズも、キャンプをして強《つよ》くなりました。それでも信長《のぶなが》は、アンチヒーローズに勝《か》てる可能性《かのうせい》を『万《まん》が一《いち》』といっています。

ただでさえ、ほとんど勝《か》ち目《め》のない勝負《しょうぶ》。それを条件《じょうけん》つきで勝《か》つなんて……。

でも……。

虎太郎《こたろう》の頭《あたま》の中《なか》には、むかしの気持《きも》ちがよみがえります。そして前《まえ》を見《み》ると、呂布《りょふ》がキャッチボールの相手《あいて》を見《み》つけられないのか、ベンチの前《まえ》でキョロキョロしていました。

――あのときのぼくと同《おな》じなら、弱点《じゃくてん》はある……。

虎太郎《こたろう》は呂布《りょふ》の様子《ようす》を見《み》ながら考《かんが》えます。

その弱点《じゃくてん》こそが、きっと閻魔様《えんまさま》のいう『大切《たいせつ》なこと』だ。それなら今度《こんど》は自分《じぶん》がそれを、ひとに教《おし》えてあげる番《ばん》なのかもしれない。

「わかったよ」

虎太郎《こたろう》は決意《けつい》します。これはむかしの自分《じぶん》との戦《たたか》いでもあると。

『**えっ。それじゃ虎太郎《こたろう》クン……**』

「うん！　ぼく、やってみるよ、閻魔様《えんまさま》！」

そして試合前《しあいまえ》のファルコンズ

ぼくは閻魔様《えんまさま》に返事《へんじ》をしたあと、すぐにベンチの前《まえ》にでた。

そこにはもうファルコンズの選手《せんしゅ》がみんな集《あつ》まっていて、試合開始直前《しあいかいしちょくぜん》の円陣《えんじん》をくんでいる。作戦《さくせん》のかくにんや、気合《きあ》いをいれるためだ。

やがて円陣《えんじん》は、相手《あいて》の打順《だじゅん》とか選手《せんしゅ》の特徴《とくちょう》のかくにんをして区切《くぎ》りがついた。するとさいごにキャプテンの信長《のぶなが》が、

「みなに聞《き》いてもらいたい話《はなし》がある」

と、きりだす。

「じつは帰《かえ》りの燃料《ねんりょう》だが、劉備《りゅうび》に貸《か》してもらって都合《つごう》がついた」

信長《のぶなが》の言葉《ことば》に、みんなは「おおー」と、よろこびの声《こえ》をあげる。

なぜならファルコンズは、優勝《ゆうしょう》して賞金《しょうきん》をかせがないと日本《にほん》に帰《かえ》れなかったからだ。まあ、そのこと自体《じたい》はいいんだけれど……。

「アンチヒーローズは強《つよ》い。はっきりいって我《われ》らより上《うえ》じゃ。だから負《ま》けていいとはいわんが、試合《しあい》は全力《ぜんりょく》をだすことに意義《いぎ》があると思《おも》え！　特訓《とっくん》の成果《せいか》をぶつけるつもりで、後《こう》悔《かい》のないように試合《しあい》をするのじゃ。よいか！」

信長《のぶなが》はみんなに念《ねん》を押《お》すようにいうけど、

「それじゃダメだよ！」

ぼくは手《て》をあげて、そう口《くち》にした。

「ほう。どうしてじゃ、虎太郎《こたろう》。理由《りゆう》をいってみろ」

信長《のぶなが》も反論《はんろん》されるとは思《おも》っていなかったようで、ふしぎそうな顔《かお》でこっちを見《み》つめる。

信長《のぶなが》に口《くち》ごたえをするのってはじめてだったけど、ぼくはつばをゴクリと飲《の》みこんで、みんなを見《み》まわした。

「だって、たしかに相手《あいて》は強《つよ》いよ。呂布《りょふ》さんはとくに……」

「そうじゃ。だからこそ、挑戦《ちょうせん》するような気持《きも》ちが大事《だいじ》じゃないのか？」

毛利元就《もうりもとなり》がいってくるけど、ぼくは、

「でも！　呂布《りょふ》さん、見《み》てよ、ほら」

といって、相手《あいて》のベンチを指《ゆび》さした。

そこではアンチヒーローズも円陣《えんじん》をくんでいて、その大《おお》きなかけ声《ごえ》がこっちまで聞《き》こえてきていた。

だけど、やっぱり呂布《りょふ》だけは仲間《なかま》はずれ。輪《わ》の中《なか》にくわわらずに、ベンチからそれをながめていた。やっぱり、とてもさびしそうだった。

「呂布《りょふ》さんって、強《つよ》いからひとりで生《い》きているんじゃないんだ。きっと、ひとりだから強《つよ》くないといけなかったんだよ。閻魔様《えんまさま》も心配《しんぱい》してた」

ぼくはそういって、またみんなを見《み》まわした。

「いまのままじゃ呂布《りょふ》さん、ずっとひとりで野球《やきゅう》をするよ。それは、すごくさびしいと思《おも》う。ぼくはわかるんだ。そういう気持《きも》ち」

「？　その呂布《りょふ》の心理《しんり》をついて、勝《か》とうということか？」

「ちょっとちがう」

毛利元就《もうりもとなり》に、ぼくは首《くび》をふってこたえた。

「ぼくは呂布《りょふ》さんに、仲間《なかま》とかチームプレーってどういうことか教《おし》えてあげたいんだ。でもそれは、いくら口《くち》でいったってわからない。ぼくたちが実際《じっさい》に、チ、ー、ム、プ、レ、ー、で呂布《りょふ》さんに勝《か》たないと」

ぼくがそういうと、秀吉《ひでよし》が困《こま》った顔《かお》をした。

「いや、虎太郎《こたろう》よ。いいたいことはわかるが……。おぬしがなさけをかけようとしとるのは、あのとんでもない強敵《きょうてき》じゃぞ？　勝《か》つこともむずかしいのに……」

「でも、みんなは前《まえ》に、ぼくへそれを教《おし》えてくれたじゃない！　呂布《りょふ》さん、きっとさびしいよ。みんなで、なんとかしようよ！」

「おぬしは味方《みかた》じゃったが呂布《りょふ》は敵《てき》じゃろう。虎太郎《こたろう》。おぬし、いいかげんに……」

秀吉《ひでよし》がいいかけると、

「おもしろい！」

信長《のぶなが》がぼくを見《み》ながらいった。秀吉《ひでよし》は即座《そくざ》に「そのとおりでございます！」と、もみ手《で》をしながら自分《じぶん》の意見《いけん》をひっくりかえした。よく訓練《くんれん》されたサルみたいだと思《おも》った。

「しかし虎太郎《こたろう》よ。貴様《きさま》、そこまでいうからには、勝算《しょうさん》があるのだろうな」

「勝算《しょうさん》っていうか……。考《かんが》えてることはあるよ。通用《つうよう》するかはわからないけど……」

「いいだろう。――貴様《きさま》ら、よく聞《き》け！」

ぼくの返事《へんじ》を聞《き》くと信長《のぶなが》はマントをひるがえし、全員《ぜんいん》にむかっていった。緊張《きんちょう》してつづく言葉《ことば》を待《ま》っていると、

「ファルコンズのキャプテンを、この試合《しあい》にかぎり虎太郎《こたろう》とする！」

OKEHAZAMA
Falcons

そういって腕《うで》をくむ。ぼくは一瞬頭《いっしゅんあたま》の中《なか》が真《ま》っ白《しろ》になって、

「ええ〜！」

ひと息《いき》おいてからおどろき、ぼくはチームのみんなと一緒《いっしょ》に、口《くち》をあんぐり開《あ》けて、目《め》をまるくした。

「なんじゃ。不服《ふふく》か」

信長《のぶなが》が腕《うで》をくんだまま、ギロリとぼくをにらむ。

「不服《ふふく》っていうか、そんなこといきなり……」

「――貴様《きさま》の覚悟《かくご》はその程度《ていど》か。それで呂布《りょふ》に勝《か》てると思《おも》っているのか」

信長《のぶなが》は低《ひく》い声《こえ》でいった。

「チームプレーを見《み》せて勝《か》ちたいのであれば、貴様《きさま》が作戦《さくせん》をたててチームを動《うご》かすべきであろうが。かつて同《おな》じ悩《なや》みを持《も》った貴様《きさま》がキャプテンになることによって、呂布《りょふ》にも伝《つた》わりやすくなるはずじゃ」

「同《おな》じ悩《なや》みを……」

たしか閻魔様《えんまさま》もいっていた。だからこそ、これをぼくにたのんできた。

「やれるか、虎太郎《こたろう》。こたえを聞《き》かせろ。いますぐだ」

信長《のぶなが》はまっすぐにぼくを見《み》る。ぼくも信長《のぶなが》をそのまま見《み》かえして、

「――やる。呂布《りょふ》さんを助《たす》けるんだ」

そうこたえた。信長《のぶなが》はニヤリとわらって、ぼくの背中《せなか》をたたく。

「よくいった」

「うん。ぼくがやらなきゃ」

「そうだ。では虎太郎《こたろう》。キャプテンとしての初仕事《はつしごと》じゃ。みなにひと言《こと》いうがいい」

信長《のぶなが》がいうと、全員《ぜんいん》がぼくに注目《ちゅうもく》した。ちょっと恥《は》ずかしいけど、てれている場合《ばあい》じゃない。

――キャプテンは、ぼくなんだから。

「えっと、じゃあ、ひと言《こと》だけ」

ぼくはそういって、全員《ぜんいん》の前《まえ》で大《おお》きく息《いき》をはきだした。そしてみんなを見《み》つめる目《め》に力《ちから》をいれて、

「絶対《ぜったい》に！　勝《か》つぞ！」

お腹《なか》から精一杯《せいいっぱい》の声《こえ》をふりしぼる。そしてみんなの反応《はんのう》を待《ま》つと、

『おうっ！』

と、いさましい声《こえ》でこたえて、腕《うで》を天《てん》につきあげてくれた。信長《のぶなが》を見《み》ると、ぼくを見《み》てうなずいてくれている。

——やった。

みんな、呂布《りょふ》を助《たす》けようという、ぼくの話《はなし》を認《みと》めてくれたんだ。

相手《あいて》は強《つよ》い。きっとこれまでの誰《だれ》よりも。でも自分《じぶん》が地獄《じごく》で成長《せいちょう》したことのすべてをぶつければ、きっと勝《か》てるはずだ！

2章《しょう》 天《てん》上《じょう》天《てん》下《げ》唯《ゆい》我《が》独《どく》尊《そん》・呂《りょ》布《ふ》奉《ほう》先《せん》

	1	2	3	4	5	6	7	8	9	計	H	E
桶狭間												
魏												

OKEHAZAMA Falcons

1	前田	慶次	左
2	毛利	元就	遊
3	伊達	政宗	三
4	織田	信長	一
5	真田	幸村	二
6	本多	忠勝	中
7	徳川	家康	捕
8	豊臣	秀吉	右
9	山田虎太郎		投

B
S
O

UMPIRE

CH	1B	2B	3B
紫	白	黒	桃
鬼	鬼	鬼	鬼

魏 Anti HEROES

1	楽進	文謙	遊
2	夏侯惇	元譲	三
3	曹操	孟徳	捕
4	呂布	奉先	投
5	司馬懿	仲達	右
6	許褚	仲康	一
7	張遼	文遠	左
8	賈詡	文和	中
9	荀攸	公達	二

一回表《いっかいおもて》

満員《まんいん》の赤壁《せきへき》スタジアム。

すさまじい歓声《かんせい》の中《なか》、一番《ばん》バッターの前田慶次《まえだけいじ》がベンチをでた。試合《しあい》はファルコンズの先攻《せんこう》からだ。

マウンドを見《み》ると、やはりそこにたったのは呂布《りょふ》だった。体《からだ》が大《おお》きな呂布《りょふ》は、そこにいるだけですごい威圧感《いあつかん》がある。

「あの呂布《りょふ》さんに勝《か》たないといけないんだね……」

天女見習《てんにょみなら》いのヒカルが、真剣《しんけん》な目《め》をしていった。ぼくは、だまってそれにうなずく。

「長打力《ちょうだりょく》のなさと、球速《きゅうそく》のなさでは勝《か》ってるけど……」

ヒカルはつづけていった。でも、それは負《ま》けてるんだと思《おも》う。

ただ、そうはいってもぼくには、ちょっとだけ勝算《しょうさん》があった。

——むかしのぼくと一緒《いっしょ》なら、弱点《じゃくてん》はあるはずだ。

ぼくがそう考《かんが》える理由《りゆう》は、キャンプ前《まえ》の二回戦《かいせん》のときのことだ。ぼくはバッター三人《にん》に九球《きゅう》だけだけど、呂布《りょふ》のピッチングを見《み》た。たしかそのときもそうだったし……。

そう考《かんが》えていると、

「おいおい」

マウンドの呂布《りょふ》が、ふしぎそうな目《め》でこっちを見《み》ていた。視線《しせん》はぼくが胸《むね》につけているキャプテンマークだ。

「どうしたんだ、虎太郎《こたろう》がキャプテンかよ。いきなり試合《しあい》をあきらめたのか？」

「ちがうよ。そんなわけ……」

ぼくがいいかえそうとすると、

「おぬしっ！　呂布《りょふ》よ！　いっていいことと悪《わる》いことがあるぞ！」

秀吉《ひでよし》がすごい剣幕《けんまく》で、呂布《りょふ》を指《ゆび》さした。

「信長様《のぶながさま》はなあ、虎太郎《こたろう》にこの試合《しあい》をまかされたのじゃ。おぬしをたおすために！」

「なんだと？　虎太郎《こたろう》が？　おれに？」

「そ、そうじゃっ。見《み》ておれ。こやつがどれだけの特訓《とっくん》を積《つ》んできたか！　もうあやまっても許《ゆる》さんからな！」

秀吉《ひでよし》は顔《かお》を赤《あか》くしてつづける。その顔《かお》はますますサルそっくりになっていくけど、ぼくはこころの中《なか》で、秀吉《ひでよし》にお礼《れい》をいった。

さっきはぼくに反対《はんたい》する立場《たちば》だったけど、やっぱりかんじんなところでは味方《みかた》になってくれる。なんたってキャンプの間《あいだ》、ずっと一緒《いっしょ》に生活《せいかつ》をして、おたがいの苦労《くろう》を知《し》っているんだから。

――でも、

「ほう……」

秀吉《ひでよし》のその言葉《ことば》を聞《き》いて、不愉快《ふゆかい》そうなのは呂布《りょふ》だ。

「――おれも、ずいぶんバカにされたもんじゃねえか」

呂布《りょふ》はくちびるのはしを持《も》ちあげて、そういった。すると呂布《りょふ》の髪《かみ》がゆらゆらとゆれ、目《め》は赤《あか》く血《ち》ばしる。そしてまわりの空気《くうき》が、ゴゴゴゴ……と、音《おと》をたててふるえだした。

――こわい。

呂布《りょふ》の顔《かお》はわらっているけど、内心《ないしん》ではそうとう怒《おこ》っているみたいだ。ふんいきでわかる。なんだか呂布《りょふ》の体《からだ》が、ひとまわり大《おお》きくなったようにも見《み》えた。

「ワ、ワシらには、そ、そんな怒《おこ》ったフリなど、こわくないぞ！　やれるもんならやってみろ！」

秀吉《ひでよし》がベンチの裏《うら》にかくれて、ガタガタふるえながらいった。これは、もう負《ま》けちゃってる気《き》がする。

「くっくっくっ……。呂布《りょふ》よ～」

みんながその迫力《はくりょく》に押《お》されていると、打席《だせき》にたつ前田慶次《まえだけいじ》が、呂布《りょふ》を指《さ》すようにバットをむけた。ひるんだ様子《ようす》がない。さすが、かぶき者《もの》だ。

「迫力《はくりょく》だけじゃ、このおれをアウトにできないぜ。いきなりおれが三発《ぱつ》くらいホームラン打《う》ってやるから、さっさと投《な》げな～」

「フン。前田慶次《まえだけいじ》よ」

呂布《りょふ》は打席《だせき》に目《め》をもどす。

「いきなり三発《ぱつ》も、打《う》てるもんなら打《う》ってみろよ！」

クワッと目《め》を見《み》ひらく呂布《りょふ》。でも、そんなのルール上《じょう》できるわけないのに。そういえば呂布《りょふ》もかぶき者《もの》っぽいし、なんだか会話《かいわ》が異次元《いじげん》だ。

「うるせえぜ、呂布《りょふ》！　しゃべってないで、さっさと投《な》げやがれ！」

「じゃあ、いくぜ、ファルコンズ」

前田慶次《まえだけいじ》がかまえると、呂布《りょふ》はふりかぶる。

そして大《おお》きな一歩《いっぽ》をふみこませると、その体《からだ》をダイナミックにゆらす。そして曹操《そうそう》の
キャッチャーミットめがけ、

「くらえ！　赤兎馬《せきとば》ボール！」

と、ド迫力《はくりょく》のボールを投《な》げこんだ。

「くっ！」

前田慶次《まえだけいじ》はそれを見送《みおく》った。するとキャッチャーミットからスタジアムにひびきわたる、
重《おも》く大《おお》きな音《おと》。

まるで、なにかがばくはつしたかのようだ。

――すごい……。

ボールの勢《いきお》いは、前《まえ》に見《み》たときと変《か》わらない。まちがいなくメジャークラスだ。

呂布《りょふ》がくりだす赤《あか》い弾丸《だんがん》は、その名《な》も、『赤兎馬《せきとば》ボール』。あまりにも強《つよ》い握力《あくりょく》でボールの糸《いと》がつぶれて、にじんだ染料《せんりょう》で軌道《きどう》まで赤《あか》く見《み》えるような剛速球《ごうそっきゅう》だ。

それは気迫《きはく》、球速《きゅうそく》、高《たか》い背《せ》から投《な》げおろす角度《かくど》。どれをとってもずば抜《ぬ》けた最強《さいきょう》のパワーボールである。球威《きゅうい》はやはり圧倒的《あっとうてき》で、そのあともキャッチャーミットからズバンズバンと、すごい音《おと》を鳴《な》らしつづけた。

——本当《ほんとう》に、うまくいくだろうか。

ぼくは自分《じぶん》のたてた作戦《さくせん》が不安《ふあん》になる。

呂布《りょふ》は圧倒的《あっとうてき》な実力《じつりょく》で前田慶次《まえだけいじ》を三振《さんしん》にすると、つづく毛利元就《もうりもとなり》、伊達政宗《だてまさむね》も三振《さんしん》に打《う》ちとった。しかもすべて三球《さんきゅう》でしとめられている。

「山田虎太郎《やまだこたろう》！」

呂布《りょふ》がマウンドからぼくに声《こえ》をかけてくる。

「これでわかったか！　このおれとの実力《じつりょく》の差《さ》がよ！」

「実力《じつりょく》の差《さ》？」

「そうだ！　おまえは三者連続三振《さんしゃれんぞくさんしん》なんてできるか？　できねえだろ！　おれの強《つよ》さには、

誰《だれ》もかなわねえんだ！」

「そんなことない！」

ぼくはベンチをでて、大《おお》きな声《こえ》でいった。

「呂布《りょふ》さんは強《つよ》いよ！　ぼくよりずっと！」

「だろ？　なら……」

「でも、強《つよ》さにはいろいろあるんだ！　見《み》せてあげるよ、そのこと！」

「な、なんだと……！」

「こっちも、三者三振《さんしゃさんしん》をとるよ！」

一回裏《いっかいうら》

キャッチャーミットからパーンと気持《きも》ちいい音《おと》がひびきわたると、

「調子《ちょうし》がよさそうじゃな」

徳川家康《とくがわいえやす》がぼくにボールを投《な》げかえす。ぼくはうなずいてから、おでこに流《なが》れる汗《あせ》をぬぐった。投球練習《とうきゅうれんしゅう》も、これで終《お》わり。

――いよいよだ。

キャンプでマスターした魔球《まきゅう》。まずはこれが相手《あいて》に通用《つうよう》するかどうか……。いや、通用《つうよう》してくれないと、せっかくの作戦《さくせん》がぜんぶ水《みず》の泡《あわ》だ。

ぼくがそう思《おも》ってボールを見《み》つめていると、

「貴殿《きでん》がピッチャーでござるか」

と、相手《あいて》の一番《ばん》バッターが打席《だせき》にはいる。ぼくはあわてて、

「あ、う、うん。そう」

と、返事《へんじ》をした。

「やはりそうでござるか。しかし気《き》はたしかか？　それがしたちを三者三振《さんしゃさんしん》にとるという。その意気《いき》やあっぱれだが……。三番《ばん》には曹操様《そうそうさま》もいらっしゃるのに」

「も、もちろん、本気《ほんき》だよ！」

ぼくはそうこたえてから、バッターをよく見《み》る。相手《あいて》はずいぶん背《せ》の低《ひく》いひとで、ぼくと同《おな》じくらいの身長《しんちょう》。名前《なまえ》はたしか楽《がく》……、なんだっけ。

『楽進文謙《がくしんぶんけん》さんだよ！』

思《おも》いだそうとしていると、頭《あたま》の中《なか》にヒカルの声《こえ》。ヒカルはぼくがわからないことを、いつもすばやくテレパシーで教《おし》えてくれる。

『そうだった。楽進文謙《がくしんぶんけん》さん。どんなひと？』

『えっとね。とにかく一番《いちばん》のりが好《す》きなひと。生前《せいぜん》はいろんな戦場《せんじょう》で、一番《いちばん》のりの手柄《てがら》をたてたんだ。とても勇敢《ゆうかん》なんだよ』

『そうなんだ』

ぼくは打席《だせき》を見《み》る。たしかに楽進《がくしん》は強《つよ》い目《め》をしていて、どんなにインコースを投《な》げてもひるみそうにない。

――手《て》ごわそうだけど……。

でも、これはかえってちょうどよかったかもしれない。あれくらい気迫《きはく》のあるひとのほうが、マスターした魔球《まきゅう》をちゃんとためせそうだ。

――マスターした魔球《まきゅう》を……。

ぼくはまた、ボールを見《み》つめる。

そして自分《じぶん》をおちつかせようと、目《め》をつぶって大《おお》きく深呼吸《しんこきゅう》をした。するとスタジアムの大歓声《だいかんせい》も頭《あたま》の中《なか》から消《き》えていき、耳《みみ》にはドクン、ドクンという自分《じぶん》の心臓《しんぞう》の音《おと》が大《おお》きくひびきわたっていく。

——だいじょうぶだ。魔球《まきゅう》は通用《つうよう》する。

ぼくは目《め》を閉《と》じたまま、自分《じぶん》にいいきかせた。そして地獄《じごく》の赤壁《せきへき》キャンプを思《おも》いだす。七日間《なのかかん》のキャンプだったけど、毎日《まいにち》の特訓《とっくん》はその十倍《ばい》くらいの濃《こ》さを感《かん》じた。それくらい、孔明《こうめい》がぼくにさせた練習《れんしゅう》はとてもハードなものだった。

バランス感覚《かんかく》を鍛《きた》えるということで、荒《あ》れくるう船《ふね》の上《うえ》にたたされたぼく。最終的《さいしゅうてき》にそこで的《まと》あてまでこなし、そうしてようやく魔球《まきゅう》を完成《かんせい》させた。

たつまでに数《かぞ》えきれないくらいころんでボロボロになったし、絶対《ぜったい》に無理《むり》だと思《おも》う気持《きも》ちにも、かなり悩《なや》んだ。何度《なんど》もくじけそうになったけど、でもぼくはがんばれた。

それは助《すけ》っ人《と》にきてくれた七人《にん》のライバルたちや、そしてファルコンズのみんな、とくに、ずっとそばでアドバイスをしてくれた秀吉《ひでよし》のおかげだ。

みんながいないと、ぼくはダメだったと思《おも》う。

それはキャンプだけじゃなくて、いままでの試合《しあい》のすべてでそうだ。

だからぼくはファルコンズを勝《か》たせたいし、そうしなきゃならない。

こういう気持《きも》ちも、チームプレーのひとつのかたち。

ぼくはこころの中《なか》で、自分《じぶん》の思《おも》いをかくにんする。そして納得《なっとく》がいくと、ボールを持《も》つ手《て》に力《ちから》をこめた。

——よし。やってやるぞ。これを呂布《りょふ》に伝《つた》えるんだ。

こころの準備《じゅんび》はだいじょうぶ！

ぼくはふかいプールからうきあがるような気持《きも》ちで、つぶっていた目《め》を開《あ》けた。

すると打席《だせき》では楽進《がくしん》がもうバットをたてていて、ぼくの投球《とうきゅう》を待《ま》っている。その目《め》はやっぱり気迫《きはく》のこもる強《つよ》いものだったけど……。

——絶対《ぜったい》に、おさえる。いままでのすべてのために！

「じゃあ、いくよ！」

ぼくはそういうと、大《おお》きく腕《うで》をふりかぶる。そして左足《ひだりあし》を前《まえ》にふみこませると背中《せなか》から右腕《みぎうで》をしならせ、

――どうだっ！

と、指《ゆび》で前《まえ》へ押《お》しこむように、思《おも》いっきりボールを投《な》げた。

指先《ゆびさき》に感《かん》じる手応《てごた》えはいい。

腕《うで》もよくふれたし、たぶんコントロールもまちがっていない。かんじんのバランスだって、まるで体《からだ》の中《なか》にバネでもはいったのかと思《おも》うくらい、自分《じぶん》のこれまでのものとはちがっていた。

――すごい！

我《われ》ながら特訓《とっくん》の成果《せいか》に感心《かんしん》する。

でも、これが本当《ほんとう》に相手《あいて》につうじる？　あの最強《さいきょう》、アンチヒーローズの一番打者《ばんだしゃ》に？

こころの中《なか》にはまだそんな不安《ふあん》も少《すこ》しあった。だけど！

「むうっ！」

楽進《がくしん》がうなる。そしてバットをスイングして、

――スカッ。

それはむなしく空《くう》をきり、

「ストライック！」

という声《こえ》を、審判《しんぱん》にあげさせた。

楽進《がくしん》は信《しん》じられないって顔《かお》をして、バットをふりおわった姿勢《しせい》のまましばらく動《うご》かなかった。いや、動《うご》けなかったんだ。

「――……な、なにが起《お》こったのだ？　それがしが、あの程度《ていど》の球《たま》を空《から》ぶりだと？」

しばらくして楽進《がくしん》は体勢《たいせい》をもどすと、キャッチャーミットの中《なか》を見《み》つめ、ふしぎそうな口調《くちょう》でいった。でも、ぼくは空《から》ぶりをとれたことに、「やった！」という気《き》持《も》ちでいっぱいだった。

――魔《ま》球《きゅう》は通用《つうよう》するんだ。

ぼくの中《なか》で、これまでの不安《ふあん》がなだれのように消《き》えていく。そして自信《じしん》がみるみるみなぎってきた。

それなら、なにもためらうことなんてない！

「まだまだいくよ！」

そういって、ぼくは徳川家康《とくがわいえやす》のかまえるミットにむかって、魔《ま》球《きゅう》を投《な》げつづける。それ

は三球連続《さんきゅうれんぞく》で楽進《がくしん》を空《から》ぶりさせ、

「ストライク！　バッターアウト！」

と、まずはワンアウト！　でだし好調《こうちょう》だ！

「これはなんという……」

楽進《がくしん》はふるえそうな声《こえ》でいった。勇敢《ゆうかん》だってヒカルはいってたけど、そんなひとがあきらかにひるんでいる。

「……山田《やまだ》どの。ひとつ聞《き》きたい」

「ん、なに？」

「この球《たま》は、いったい？」

「魔球《まきゅう》だよ。神風《かみかぜ》ライジングっていうんだ。キャンプで孔明《こうめい》さんに教《おし》えてもらった」

「なんだと……。またしても我《われ》らの前《まえ》にたちはだかるか……。諸葛亮孔明《しょかつりょうこうめい》……」

楽進《がくしん》はそうつぶやきながら、バットをにぎりしめ、打席《だせき》からひきさがった。

『神風《かみかぜ》ライジング』とは、その名前《なまえ》のとおりライジングファストボール《うきあがるようなストレート》だ。

ふつうのストレートなら投《な》げたあと、空気《くうき》の抵抗《ていこう》でボールに勢《いきお》いがなくなる。けど、神《かみ》風《かぜ》ライジングはちがう。

ボールにたてのバックスピンをかけることにより空気《くうき》をきりさき、打者《だしゃ》の手元《てもと》でのびて見《み》えるストレートなのだ。バッターから見《み》るとスピードがおちないその球《たま》は、手元《てもと》でうきあがるように見《み》えるらしい。

――さすが孔明《こうめい》が鍛《きた》えてくれただけのことはある。

ぼくはたしかな手応《てごた》えに、どんなもんだって気持《きも》ちになる。そしてベンチにさがる楽進《がくしん》を見《み》ていると、

「三振《さんしん》一番《いちばん》のりでござる」

と、なぜかちょっとだけ満足《まんぞく》そうだった。それでいいのだろうか。

『魏《ぎ》はむかしから、孔明《こうめい》さんに痛《いた》い目《め》を見《み》せられているんだ。だから孔明《こうめい》さんの名前《なまえ》には敏感《びんかん》なんだよ』

ヒカルがいう。

『そうなんだね。それなら孔明《こうめい》さんも打倒《だとう》アンチヒーローズにもえていたし……』

『虎太郎《こたろう》クンをつうじて、ライバル対決《たいけつ》だね』

なら、ますます負《ま》けるわけにはいかない。ぼくの肩《かた》には、これまで負《ま》けたひとたちの思《おも》いものっている。

ぼくはそう気《き》をひきしめて、つづく二番打者《ばんだしゃ》も三振《さんしん》にした。そしていよいよ、打席《だせき》にいるのは曹操《そうそう》だ。

「くく……。小僧《こぞう》」

曹操《そうそう》は不敵《ふてき》な笑《え》みで、ぼくを見《み》る。

「ちょっとは腕《うで》をあげたようだが、それもここまでだ」

「……わからないよ」

こたえながら、ぼくはキャッチャーの徳川家康《とくがわいえやす》にうなずいた。

――ここがさいしょの正念場《しょうねんば》だ。

「抜《ぬ》かせ。たしかにいい球《たま》をほうるようだが、まだまだワシや呂布《りょふ》には通用《つうよう》せぬ」

「ボールだけなら、もしかするとそうかもね……」

「なんだと？」

曹操《そうそう》のまゆがピクリと動《うご》く。ぼくはそれをふりきるように、

「いくよ！　神風《かみかぜ》ライジング！」

と、腕《うで》をふりかぶってボールを投《な》げこんだ。

それは、力《ちから》をこめたこれまでどおりの神風《かみかぜ》ライジング。定規《じょうぎ》でひいたような線《せん》をえがいて、まっすぐに徳川家康《とくがわいえやす》のキャッチャーミットにむかっていく。

「フン！　通用《つうよう》せんといったじゃろう！」

曹操《そうそう》は大声《おおごえ》でいうとバットを反応《はんのう》させた。そしてふりだしたそれは、ぼくが投《な》げたボールの軌道《きどう》をとらえているようにも見《み》えるけど——。

しかし、一瞬《いっしゅん》あと。パーンと聞《き》こえてきたのは、バットにあたった音《おと》ではなく、キャッチャーミットにボールがおさまった音《おと》だった。

「ワ、ワシが空《から》ぶり……？」

曹操《そうそう》はおどろきで、目《め》をまるくしている。

「バカな……。ボールはとらえていたはず……。どうして！」

「ワシがそう見《み》せたんじゃよ」

曹操《そうそう》の声《こえ》に、徳川家康《とくがわいえやす》がこたえた。

「見《み》せた、だと？」

「さよう。ワシが特訓《とっくん》でマスターした、『大江戸八百八球《おおえどはっぴゃくやきゅう》』でな。おぬしの思《おも》ったコースを、ちょっとだけはずしたんじゃ」

「き、貴様《きさま》も、だと……」

「そうじゃ。曹操《そうそう》よ」

徳川家康《とくがわいえやす》はぼくにボールをかえして、曹操《そうそう》をにらみつけた。

「おぬしが戦《たたか》っておるのは、虎太郎《こたろう》クンひとりではないぞ。ファルコンズというチームじゃ。それをわすれるな」

「くっ……！　ほざけ！」

と、曹操《そうそう》は怒《おこ》った顔《かお》をしたけれど、

「ストライク！　バッターアウト！」

三球目《さんきゅうめ》には審判《しんぱん》のこのコール。

ベンチにひっこむときに、曹操《そうそう》はすごい顔《かお》でぼくをにらみつけていったけど、気《き》にしない。これでスリーアウトチェンジだ！

ぼくは徳川家康《とくがわいえやす》と笑顔《えがお》でガッツポーズをかわし、ベンチにむかう。これで、ぼくたちのボールが相手《あいて》につうじることがわかった。おまけに三者連続三振《さんしゃれんぞくさんしん》までとれて、呂布《りょふ》にも見《み》せつけられたし。

徳川家康《とくがわいえやす》の新配球《しんはいきゅう》、『大江戸八百八球《おおえどはっぴゃくやきゅう》』は、その名前《なまえ》のとおり、びみょうにちがうたくさんの球筋《たますじ》を相手《あいて》に見《み》せて、幻惑《げんわく》するリードだ。

キャンプで孔明《こうめい》とふたりで開発《かいはつ》していたもので、徳川家康《とくがわいえやす》が毎日《まいにち》、フラフラになっていたのを知《し》っている。

ぼくの魔球《まきゅう》と徳川家康《とくがわいえやす》の新配球《しんはいきゅう》。

これがくみあわされれば、アンチヒーローズだってこわくないぞ！

二回裏《かいうら》

こわくないけど、むこうが手《て》ごわいのも本当《ほんとう》だ。

二回表《かいおもて》は信長《のぶなが》からはじまる打順《だじゅん》だったけど、あっさりと三人《にん》で攻撃《こうげき》を終《お》えた。しかも全員《ぜんいん》、三球三振《さんきゅうさんしん》にたおれている。

ここまで試合《しあい》は、ファルコンズ、アンチヒーローズともに守備陣《しゅびじん》の出番《でばん》なし。バッターはみんな三振《さんしん》だ。もちろんさっきのイニングは別《べつ》にして、ぼくはそんなことにこだわっているわけじゃないけど。

そう思《おも》いながらマウンドで肩《かた》をグルグルまわしていると、

「思《おも》ったよりはやるようだな」

打席《だせき》には、四番《ばん》の呂布《りょふ》がもうたっていた。

大《おお》きな体《からだ》でどうどうとしているその姿《すがた》は巨人《きょじん》のようで、それだけですごい迫力《はくりょく》だ。バットが木《き》の枝《えだ》みたいに見《み》える。

「しょうじきいって、おどろいてるぜ。そこまでやるとはな」

呂布《りょふ》がにやりとわらう。

「本気《ほんき》でおれに勝《か》とうってんだな？」

「……そうだよ。呂布《りょふ》さんはひとりでファルコンズに勝《か》てるつもり？」

「もちろん」

「他《ほか》のひとの力《ちから》は借《か》りずに？」

「しつこい野郎《やろう》だ」

呂布《りょふ》はバットをたてる。

「群《む》れるヤツは弱《よわ》いヤツらだ。強《つよ》いヤツはひとりですべてを打《う》ちくだく。強《つよ》けりゃ生《い》きのこれるし、弱《よわ》けりゃ死《し》ぬ。これまで勝《か》ちつづけていても、負《ま》けたらすべてがおしまいだ。この世《よ》の鉄則《てっそく》だぜ」

もう、ここはあの世《よ》でみんな死《し》んでるのに……。そんなツッコミが頭《あたま》をよぎるけど、呂《りょ》布《ふ》の真剣《しんけん》な顔《かお》は、ぼくにそれをいわせなかった。

きっと強《つよ》さとは、呂布《りょふ》が信《しん》じるたったひとつのものさしなんだ。まずは、そこをくずさないと……。

でも、できるのか？　いくら徳川家康《とくがわいえやす》があたらしい配球《はいきゅう》をして、ぼくが魔球《まきゅう》を投《な》げても、もしかすると呂布《りょふ》にはかなわないかもしれない。

そのときは、もう終《お》わりだ。呂布《りょふ》のいうとおり、ファルコンズは呂布《りょふ》ひとりにやられることになってしまう。ぼくの自信《じしん》だって、とうぜん打《う》ちくだかれて……。

そんな弱気《よわき》な考《かんが》えが頭《あたま》をかすめたとき。

「虎太郎《こたろう》！」

一塁《るい》から、信長《のぶなが》の呼《よ》ぶ声《こえ》がした。

「ファルコンズのキャプテンマークは、弱気《よわき》を許《ゆる》さぬ！」

ぼくと目《め》があうと、信長《のぶなが》はそういった。強《つよ》い視線《しせん》だった。

ぼくはわすれていたものを思《おも》いだしたような気持《きも》ちで、胸《むね》のキャプテンマークに手《て》をそえる。そこには、言葉《ことば》でいいあらわせない重《おも》みを感《かん》じた。

――気持《きも》ちで負《ま》けちゃダメだ。

ぼくはそう思《おも》い、信長《のぶなが》にむかってうなずいた。そして打席《だせき》に目《め》をもどし、にらむように呂布《りょふ》を見《み》つめる。

「ふん。マシな目《め》になったな。だがおれにはかなわねえよ」

呂布《りょふ》は右打席《みぎだせき》で、グッとバットをにぎった。

「こい」

「――いくよ」

ぼくは徳川家康《とくがわいえやす》とサインをかわす。そしてアウトコースにねらいを定《さだ》めた。

作戦《さくせん》どおりにやれば、だいじょうぶ。

ぼくはのどを鳴《な》らしてつばを飲《の》みこむ。そして、

「いくぞ！」

そういって、呂布《りょふ》にボールを投《な》げこんだ。それはいつものように、ギューンとのびていくストレート。コースもなにもかも思《おも》いどおり！

「思《おも》ったよりものびる！　だけどなあ！」

ボールを見《み》ると、呂布《りょふ》のバットがピクリと動《うご》く。そして足《あし》を前《まえ》にふみこませ、外目《そとめ》のボールに届《とど》くように体《からだ》をかたむけると、

「おれには打《う》てるんだよ！」

そういってバットをフルスイングし、カーンと神風《かみかぜ》ライジングをとらえた。

――あの体勢《たいせい》からあてるなんて……。

しかもボールがあたったのはバットのさきのほうなのに、それはすごいライナーでライ

ト方向《ほうこう》へむかっていく。長打《ちょうだ》コースだ。

「秀吉《ひでよし》さん！」

ぼくは三塁《るい》のベースカバーにはいりながら、ライトを見《み》る。すると打球《だきゅう》は秀吉《ひでよし》の横《よこ》を抜《ぬ》けてころがり、フェンスまで到達《とうたつ》していた。その間《かん》に呂布《りょふ》は二塁《るい》へ……。

――いや。二塁《るい》もまわった。これ以上《いじょう》はマズい！

「どうだあっ！　虎太郎《こたろう》！」

呂布《りょふ》ははしりながら、三塁《るい》のうしろにたつぼくを見《み》て叫《さけ》ぶ。だけど、ファルコンズをあまく見《み》ちゃいけない。

「いかせるかっ！　虎太郎《こたろう》を勝《か》たせるんじゃ！」

外野《がいや》から秀吉《ひでよし》の大声《おおごえ》。

目《め》をやると秀吉《ひでよし》は野性的《やせいてき》なすばやい動《うご》きでボールをひろって、

「中国大《ちゅうごくおお》がえし！」

と、流《なが》れるようにレーザービームのような返球《へんきゅう》をしていた。じまんの強肩《きょうけん》はキャンプでさらにみがきがかかっていて、それは一直線《いっちょくせん》にこっちにむかってきている。

「くそっ！」

呂布《りょふ》も背中《せなか》でボールの気配《けはい》を感《かん》じたのか、勢《いきお》いそのままに三塁《るい》へすべりこむ。でもサードの伊達政宗《だてまさむね》が、ボールをキャッチしてそのまま呂布《りょふ》の体《からだ》にタッチすると、

「アウト！」

と、審判《しんぱん》の桃鬼《ももおに》の腕《うで》はたてにふりおろされた。

するとそのプレーにわきあがる、赤壁《せきへき》スタジアム。すさまじい量《りょう》の拍手《はくしゅ》は、手柄《てがら》をたてた秀吉《ひでよし》の頭上《ずじょう》へそそがれていた。

「かっかっかっか。どうじゃ。ワシのサルのような動《うご》きは」

秀吉《ひでよし》はとくいげだ。でもあれはサルのような動《うご》きじゃなくて、もう木《き》からバナナをもぎとるサルそのものだったと思《おも》う。いまにも「ウッキー」と聞《き》こえてきそうで、こんなときなのにレフトの前田慶次《まえだけいじ》が、お腹《なか》をかかえて爆笑《ばくしょう》していた。

「ちっ。運《うん》がよかったな」

土《つち》をパンパンと払《はら》ってたちあがる呂布《りょふ》が、くやしそうにつぶやいた。

「運《うん》じゃないよ、呂布《りょふ》さん」

ぼくは負《ま》けじと反論《はんろん》する。

「運《うん》じゃない？　あのアウトコースを長打《ちょうだ》にされて、なにをいってんだ。運《うん》じゃなかったら、どうしておれがアウトになるんだよ」

「チームプレーさ。ぼくは呂布《りょふ》さんに負《ま》けた。だけどチームメイトがそれをカバーしてくれたんだ。呂布《りょふ》さんにはいる？　カバーしてくれるひとが」

「……うるせえよ。弱《よわ》いヤツらが群《む》れやがって」

呂布《りょふ》の目《め》には一瞬《いっしゅん》、悲《かな》しみの色《いろ》がさした気《き》がしたけど、ぼくはそれ以上《いじょう》は声《こえ》をかけなかった。きっとそれは、呂布《りょふ》のかくれたねがいをしめしていると思《おも》えたから。

3章《しょう》　ファルコンズの底《そこ》力《ぢから》

	1	2	3	4	5	6	7	8	9	計	H	E
桶狭間	0	0	0	0	0					0	0	0
魏	0	0	0	0	0					0	7	0

OKEHAZAMA Falcons

1	前田	慶次	左
2	毛利	元就	遊
3	伊達	政宗	三
4	織田	信長	一
5	真田	幸村	二
6	本多	忠勝	中
7	徳川	家康	捕
8	豊臣	秀吉	右
9	山田虎太郎		投

B
S
O

UMPIRE

CH	1B	2B	3B
紫	白	黒	桃
鬼	鬼	鬼	鬼

魏 Anti HEROES

1	楽進	文謙	遊
2	夏侯惇	元譲	三
3	曹操	孟徳	捕
4	呂布	奉先	投
5	司馬懿	仲達	右
6	許褚	仲康	一
7	張遼	文遠	左
8	賈詡	文和	中
9	荀攸	公達	二

けっきょく、二回《かい》は呂布《りょふ》につづく打線《だせん》を打《う》ちとり、イニングを終《お》えた。

そして試合《しあい》はまったく動《うご》かずに、五回《かい》まですすむ。

呂布《りょふ》はずっとウチの打線《だせん》相手《あいて》に三振《さんしん》をとりつづけているし、ぼくも打《う》たれるものの長打《ちょうだ》は許《ゆる》さず、なんとかアンチヒーローズ打線《だせん》をおさえていた。

六回表《ろっかいおもて》

あいかわらず、呂布《りょふ》のボールは爆弾《ばくだん》がばくはつしたのかと思《おも》うほどの音《おと》を、キャッチャーミットからたてている。キャッチャーの曹操《そうそう》は、さぞ手《て》が痛《いた》いだろうな。

ベンチからマウンドを見《み》てそう思《おも》っていると、

「なかなか、いい調子《ちょうし》じゃな。虎太郎《こたろう》キャプテン」

信長《のぶなが》がめずらしく、からかうようにいってきた。

「まだ、いい調子《ちょうし》なんていえないよ。うまく点《てん》をとれるか……」

「だが、点《てん》をとられてはおらぬ。あのアンチヒーローズ相手《あいて》に」

「みんなが、守《まも》ってくれるから」

それは、こころからの言葉《ことば》だった。

秀吉《ひでよし》の強肩《きょうけん》はランナーをアウトにするだけじゃなくて、進塁《しんるい》もさせない効果《こうか》があったし、他《ほか》のみんなも、ていねいなコンビネーションでアウトをとってくれた。それは、ひとりではできないプレーの数々《かずかず》だった。

そのことを信長《のぶなが》にいうと、

「しかし、それをまとめあげているのも貴様《きさま》だ。呂布《りょふ》にはできんだろう」

信長《のぶなが》はまじめな顔《かお》で、試合《しあい》を見《み》ながらいった。

「ねえ、信長《のぶなが》さん。……思《おも》ったんだけど、どうして呂布《りょふ》さんはひとにたよろうとしないんだろう。打《う》たせてとるピッチングなら、もっとすごい投球《とうきゅう》ができると思《おも》うけど」

「そうなると、もう手《て》がつけられんな」

「たしかに、そうだね。いまですら、ああだから……」

ぼくはバッターボックスを見《み》る。そこでは七番《ばん》の徳川家康《とくがわいえやす》が、あっさりと見逃《みのが》し三振《さんしん》になっていた。また、三球三振《さんきゅうさんしん》だ。

「まあ呂布《りょふ》とて、好《す》きでああなったのではないだろうがな」

信長《のぶなが》はまっすぐ呂布《りょふ》を見《み》ながらいった。

「なにか、きっかけがあったの？」

「うむ。ヤツが子供《こども》のときからそう教《おし》えられていたらしいし……」

「らしいし？」

言葉《ことば》をくりかえしてのぞきこむと、

「あやつが曹操《そうそう》に負《ま》けたときのことが、決定的《けっていてき》だろう」

信長《のぶなが》はぼくを見《み》て、そうこたえた。そしてそのときの話《はなし》を、くわしく聞《き》かせてくれた。


呂布《りょふ》は曹操《そうそう》に追《お》いつめられていた。

当時《とうじ》、呂布《りょふ》と曹操《そうそう》は天下《てんか》をかけてあらそうふたりだった。でも曹操《そうそう》は部下《ぶか》をうまく使《つか》って作戦《さくせん》をたてられたけど、呂布《りょふ》はそれがあまりとくいではなかった。ひとりだったら無敵《むてき》の強《つよ》さの呂布《りょふ》も、兵《へい》を使《つか》う勝負《しょうぶ》では曹操《そうそう》にかなわなかったのだ。

だから、呂布《りょふ》はじょじょに包囲《ほうい》されていく。おまけに当時《とうじ》は劉備《りゅうび》まで曹操《そうそう》の仲間《なかま》だった

から、呂布《りょふ》には勝《か》ち目《め》なんてなかった。

そうして呂布《りょふ》は逃《に》げ場《ば》もなくして、とうとう城《しろ》にこもって曹操《そうそう》との持久戦《じきゅうせん》、がまんくらべに持《も》ちこんだけど……。

「だが、そこで呂布《りょふ》の弱《よわ》さ、曹操《そうそう》の強《つよ》さがはっきり分《わ》かれたのじゃ」

信長《のぶなが》がいう。

どういうことかというと、それはその持久戦《じきゅうせん》の内容《ないよう》のことだ。攻《せ》める側《がわ》の曹操《そうそう》は、部下《ぶか》の話《はなし》に耳《みみ》をかたむけ、きちんとした作戦《さくせん》で呂布《りょふ》の城《しろ》をとりかこんでいたらしい。水攻《みずぜ》めまで使《つか》ったとか。

しかし守《まも》る側《がわ》の呂布《りょふ》は部下《ぶか》の裏切《うらぎ》りにおびえて、ささいなことできびしく罰《ばつ》をあたえたりした。そしてますます部下《ぶか》のこころははなれていく。

けっきょく呂布《りょふ》はその部下《ぶか》に裏切《うらぎ》られ、曹操《そうそう》にとらえられた。力《ちから》というよりも、人柄《ひとがら》が勝敗《しょうはい》をわけるけっかになったのだ。

「思《おも》えば呂布《りょふ》も、貴様《きさま》のいうとおり、ふびんなヤツかもしれん」

信長《のぶなが》はいった。

「どうして？」

「呂布《りょふ》といえば裏切《うらぎ》りばかりが有名《ゆうめい》だが、ヤツも多《おお》くのひとにいいように利用《りよう》され、裏切《うらぎ》られてきている」

「………」

ぼくは聞《き》きながら、それが自分《じぶん》だったらどんな気持《きも》ちだろうと考《かんが》えてみる。それはとてもこころが痛《いた》くて、苦《くる》しいものだった。

「虎太郎《こたろう》よ。貴様《きさま》はいったな。呂布《りょふ》はひとりだから、強《つよ》くなければならなかったと」

「え、うん」

たしか、試合《しあい》がはじまる前《まえ》にそういった。

「しかし、ワシは思《おも》う」

「うん。どんな風《ふう》に？」

「呂布《りょふ》は強《つよ》すぎるがゆえに、ひとりであったのかもしれぬと」

「強《つよ》すぎるから？」

「そうだ。誰《だれ》もが呂布《りょふ》の強《つよ》さを利用《りよう》し、そしてそれをおそれた。だから呂布《りょふ》はゆがんでしまったのだ。強《つよ》さだけがすべてだと思《おも》うようになった」

いいおわると、信長《のぶなが》はまた前《まえ》を見《み》た。

そこでは八番《ばん》バッターの秀吉《ひでよし》が呂布《りょふ》の球《たま》にビックリして、バナナですべったみたいにずっこけていた。やっぱり、三球三振《さんきゅうさんしん》。そしてつぎはぼくの打順《だじゅん》だ。

「虎太郎《こたろう》」

ベンチをでていくぼくに、信長《のぶなが》が声《こえ》をかけてきた。

「つぎの攻撃《こうげき》からしかけるのだな？」

「うん。そうするのがいいと思《おも》う。打順《だじゅん》も二巡《じゅん》して一番《ばん》からだし。いい？」

「もちろんじゃ。ようやくバットを持《も》ちかえられる」

持《も》ちかえる？ ちょっと意味《いみ》がよくわからなかったけど、試合《しあい》を中断《ちゅうだん》させられない。ぼくはヘルメットをかぶりながら、小走《こばし》りでバッターボックスにたつ。すると、

「よう虎太郎《こたろう》」

呂布《りょふ》はニヤリとわらった。

「さっきはなまいきなことをいっていたが、どうだこのけっかは。おれはランナーをひと

りもだしてない。おまえは魔球《まきゅう》を使《つか》っても何人《なんにん》も出塁《しゅつるい》させた。これでもまだ、おれに同《おな》じことがいえるか？」

「もちろんだよ。ぼくはランナーをだしても味方《みかた》が助《たす》けてくれたし。それにそのうち呂布《りょふ》さんはかならずピンチになるから。そのとき、助《たす》けてくれるひとはいる？」

「うるせえ。それがなまいきだって」

いうと呂布《りょふ》はふりかぶり、

「いってんだっ！」

と、ぼく相手《あいて》でも手《て》かげんせずに、赤兎馬《せきとば》ボールを投《な》げこんできた。

そしてバッティングがにがてなぼくは、それを打《う》てるはずもなく、やっぱり三球三振《さんきゅうさんしん》。

間近《まぢか》で見《み》る呂布《りょふ》の剛速球《ごうそっきゅう》は、小《ちい》さな台風《たいふう》が目《め》の前《まえ》をとおりすぎたのかと思《おも》うくらい、すさまじい球威《きゅうい》だった。だけど同時《どうじ》にそれは、呂布《りょふ》の悲鳴《ひめい》のようにも感《かん》じられた。

「見《み》たか！」

アウトになってベンチにさがるぼくの背中《せなか》へ、呂布《りょふ》がいってくる。

「これが強《つよ》さだ！　おれひとりの強《つよ》さがあれば、他《ほか》になにもいらねえんだよ！　ファルコンズもろとも、打《う》ちくだいてやる！」

ぼくはその呂布《りょふ》の言葉《ことば》に、なにもこたえなかった。

ただ、こころの中《なか》では、

——やっぱりぼくたちが、かならず勝《か》たなければいけない。

そう思《おも》った。

七回表《かいおもて》

「ど、どうしてだ……」


呂布《りょふ》の顔《かお》が青《あお》い。

それはきっと、彼《かれ》がはじめて味《あじ》わう不安《ふあん》な気持《きも》ちのせいだ。

なぜなら呂布《りょふ》の右側《みぎがわ》と背後《はいご》にはファルコンズのランナーが、腕《うで》をくんでゆうぜんとたっている。いまの状況《じょうきょう》はツーアウトで二、三塁《るい》。

そう、ファルコンズの大《だい》チャンスなのだ。

「チャンスだ！　一気《いっき》に得点《とくてん》じゃ！」

「この機《き》を逃《のが》すな！」

みんなが口々《くちぐち》に声《こえ》をあげる。やっとのチャンスをものにしようと必死《ひっし》だ。

「くそ……」

あせりからか、呂布《りょふ》のこめかみに汗《あせ》が流《なが》れる。

——いける、いけるぞ！

ぼくはおもわず手《て》をにぎった。

いま、スタジアムでは、みんなが予想《よそう》もしなかった試合《しあい》になりつつある。観客《かんきゃく》もどよめくような試合《しあい》になりだしたのは、この回《かい》がはじまってすぐだった。

六回《ろっかい》の裏《うら》を無失点《むしってん》できり抜《ぬ》けたぼくは、この回《かい》の攻撃《こうげき》で、あらかじめ話《はな》しておいた作戦《さくせん》をはじめるとみんなに告《つ》げた。

「——……ということで、この回《かい》から一気《いっき》にしかけたいんだ。いい？」

ベンチ前《まえ》で円陣《えんじん》をくみ、ぼくが問《と》いかけると、

『おうっ！』

と、みんなはいさましい返事《へんじ》。そしてやはり、日本《にほん》を代表《だいひょう》する戦国武将《せんごくぶしょう》たちの気合《きあ》いは伊達《だて》じゃやなかった。

「地獄《じごく》の特訓《とっくん》の成果《せいか》を見《み》ろっ！」

と、先頭《せんとう》バッターの前田慶次《まえだけいじ》がど真《ま》ん中《なか》のボールをひっぱたいてヒットを打《う》つと、

「キャプテンのいったとおりじゃ！」

と、毛利元就《もうりもとなり》は呂布《りょふ》のあの剛速球《ごうそっきゅう》の勢《いきお》いを殺《ころ》し、ていねいにバントをした。三番《ばん》の伊達《だて》政宗《まさむね》は内野《ないや》フライにたおれたけれど、

——つぎのバッターは、あのひとだ……。

二塁《るい》にランナーがいるけど、ツーアウト。でもこのひとなら、なんとかしてくれるかもしれない。そう思《おも》って打席《だせき》に目《め》をやると、

「いよいよ勝負《しょうぶ》のときだ。呂布《りょふ》よ」

バットのさきをマウンドにつきつけ、呂布《りょふ》を挑発《ちょうはつ》するのはファルコンズの四番打者《ばんだしゃ》、織《お》

田信長《だのぶなが》である。

「ふん、ほざけ。さっきまぐれでヒット一本《いっぽん》でたからって、調子《ちょうし》にのるんじゃねえ」

「まぐれかどうかは、ためしてみるがよかろう。呂布《りょふ》よ」

信長《のぶなが》はバットをにぎり、マウンドをにらみつける。

「目《め》を覚《さ》ますときがきたのだ。虎太郎《こたろう》に感謝《かんしゃ》するがいい」

「うるせえ。弱《よわ》いくせにそろいもそろって……」

呂布《りょふ》は目元《めもと》をひくひくさせながら腕《うで》をふりかぶると、大《おお》きく前《まえ》に足《あし》をふみだし、

「なまいきなんだよっ！」

と、そのふとい腕《うで》から、地《ち》をはうような赤兎馬《せきとば》ボールをはなった。それは砂《すな》ぼこりをまきあげるほどの速《はや》さで、曹操《そうそう》のかまえるキャッチャーミットにむかっていく。

——すごい！

もしかすると、いかりによってパワーがあがっているのかもしれない。呂布《りょふ》の投《な》げた赤《せき》兎馬《とば》ボールは、あきらかにこれまでよりも球威《きゅうい》がアップしていた。

これじゃ、いくら信長《のぶなが》だってかなわない。一球目《いっきゅうめ》は見逃《みのが》して、勝負《しょうぶ》はつぎの球《たま》で……。

「心配《しんぱい》するでないわ！」

と、信長《のぶなが》の声《こえ》。まさか打《う》つ自信《じしん》が？　そう思《おも》っていると、

「見《み》よ、天下布武打法《てんかふぶだほう》！」

そう叫《さけ》んで信長《のぶなが》はバットをフルスイング。それは見事《みごと》にボールをとらえ、うなるような打球《だきゅう》をセンター方向《ほうこう》へはなった。

「くっ」

呂布《りょふ》はあせってうしろをふりかえる。

そこではセンターの賈詡《かく》がはしりながらグラブをのばし、信長《のぶなが》の打球《だきゅう》を追《お》いかけているところだった。

「飛《と》びこめ！　絶対《ぜったい》とれよっ、賈詡《かく》！」

呂布《りょふ》はえらそうにそういう。でも賈詡《かく》はこっちをチラッと見《み》たあと、無理《むり》してダイビングキャッチはねらわずに、手《て》がたくワンバウンドの球《たま》をひろった。そしてそのままふりかえると、すばやく内野《ないや》へ返球《へんきゅう》する。

しかしその間《あいだ》に信長《のぶなが》は二塁《るい》へ。フライのためにスタートがおくれていた前田慶次《まえだけいじ》も、三

塁《るい》に進塁《しんるい》した。これでツーアウト二、三塁《るい》だ！

「やったあ！」

ファルコンズベンチはもりあがる。しかし、

「くそっ！」

プレーが気《き》にいらなかったのか、呂布《りょふ》は大声《おおごえ》をだした。

「なんなんだよっ！　飛《と》びこみもせずにっ！　たってるだけかよっ！」

「いいかげんにしろ！」

曹操《そうそう》の大声《おおごえ》が、わめく呂布《りょふ》へむけられる。

「呂布《りょふ》よ！　おまえがさいしょから打《う》たせなければいい話《はなし》だ！　それに、まだ点《てん》をとられたわけではない！　ピッチングに集中《しゅうちゅう》しろ！」

「くっ……」

呂布《りょふ》の顔《かお》はまだ納得《なっとく》できないみたいだったけど、曹操《そうそう》にいわれるとおとなしくマウンドにもどった。――あんなひとだけど、やっぱりキャプテンにはさからえないのかな。

「曹操《そうそう》さんはとくべつだよ」

呂布《りょふ》の様子《ようす》を見《み》ていると、となりでヒカルがいった。

「呂布《りょふ》さん、生前《せいぜん》は曹操《そうそう》さんにいつもこっぴどく負《ま》けてたから。それでさからえないんだ」

「そうなんだ。あの呂布《りょふ》さんがいつも負《ま》けていたなんて……」

ひとりの力《ちから》なら、絶対呂布《ぜったいりょふ》さんのほうが強《つよ》そうだけど。

「曹操《そうそう》さんは才能《さいのう》のあるひとを集《あつ》めて、うまく働《はたら》かせるのがとくいだったんだ。人材《じんざい》マニアっていわれているの。だから曹操《そうそう》さんが集《あつ》めたひとたちにかかったら、呂布《りょふ》さんでも太刀《たち》打《う》ちできなかったんだよ」

「人材《じんざい》マニア？」

「そう」

ヒカルはひとさし指《ゆび》をたてていった。

「当時《とうじ》の中国《ちゅうごく》は、家柄《いえがら》や礼儀《れいぎ》が一番重要《いちばんじゅうよう》だと考《かんが》えられていたんだ。でも曹操《そうそう》さんは、『ちょっとくらい性格《せいかく》が悪《わる》くても、才能《さいのう》があれば働《はたら》かせる』っていって、人材《じんざい》を募集《ぼしゅう》したの。そんなひとたちが曹操《そうそう》さんのもとで働《はたら》いて、魏《ぎ》は大《おお》きくなったんだよ」

「すごいんだね……。でもそれって……」

「うん。ちょっと信長《のぶなが》さんに、似《に》ているかもね」

ヒカルはそういってわらった。

たしかに信長《のぶなが》も身分《みぶん》の低《ひく》かった秀吉《ひでよし》をとりたてたりして、やってることは曹操《そうそう》と似《に》ている。似《に》ているけど、でも、なにかがちがう気《き》がした。ぼくのこころには、ちょっとしたひっかかりができる。

——信長《のぶなが》と曹操《そうそう》にはまったくちがうなにかがあるような……。そう思《おも》っていると、

「しかし、虎太郎《こたろう》よ。よく気《き》がついたのう、呂布《りょふ》の弱点《じゃくてん》に」

秀吉《ひでよし》が感心《かんしん》したようにいって、となりに座《すわ》る。そして、

「ストライクゾーンにしか、ボールが集《あつ》まっておらんとはな」

腕《うで》をくんでいった。

「そう。前《まえ》に見《み》たときもそうだったんだ。だからぼくは、一、二巡目《じゅんめ》の打席《だせき》は速球《そっきゅう》に目《め》をならすためにみんなに見送《みおく》ってもらって、三巡目《じゅんめ》の今回《こんかい》に勝負《しょうぶ》をかけた。あんな剛速球《ごうそっきゅう》でもストライクゾーンにしかこないなら、なんとかなると思《おも》って。うまくいってよかった」

ぼくはこたえた。そしてそれは、呂布《りょふ》が仲間《なかま》を信用《しんよう》できてない証拠《しょうこ》でもある。

地獄《じごく》にはじめてきたとき、ぼくもそうだった。チームメイトを信頼《しんらい》していなかったぼくは、自分《じぶん》でアウトをとるため、いつも三振《さんしん》をねらって投《な》げていた。キャッチャーも信用《しんよう》できなかったから、ストライクゾーンばかり。でもそれが原因《げんいん》でコースがあまくなり、よくヒットを打《う》たれていたんだ。

「だから、じつは呂布《りょふ》さんの弱点《じゃくてん》、気《き》がついたというより、そうかもしれないって思《おも》ってたんだ。むかしの自分《じぶん》がそうだったから」

「ふむ」

秀吉《ひでよし》はうなずいて、ぼくをじっと見《み》た。

「思《おも》えばおぬしも、強《つよ》くなったもんじゃ。さいしょはおどおどして心配《しんぱい》じゃったが」

「秀吉《ひでよし》さんや信長《のぶなが》さんのおかげだよ」

「そうか？」

秀吉《ひでよし》はうれしそうだ。

「そうだよ。キャンプのときも、ずっとぼくのコーチみたいなことしてくれたもんね。すごい助《たす》かった。秀吉《ひでよし》さんがいないと、神風《かみかぜ》ライジングは完成《かんせい》しなかったよ」

「ちょっと、おぬし、ちょっと……。ほめてもなにもでんわい。ぐふふふふ」

体《からだ》をクネクネさせて、秀吉《ひでよし》は変《へん》なわらいかたをした。

「まあワシじゃって、おぬしが呂布《りょふ》に勝《か》とうといったときはどうなるかと思《おも》ったが……。しかしここまでくればワシも、全力《ぜんりょく》で勝《か》ちにいくぞ！」

秀吉《ひでよし》は顔《かお》をひきしめて、まじめなサルのようになっていった。

たしかに呂布《りょふ》の剛速球《ごうそっきゅう》は、わかっていても打《う》つのがむずかしいボールだ。だからこそ、いままでなかなか打《う》たれなかったみたいだけど、特訓《とっくん》を積《つ》んだファルコンズはちがう。

地獄《じごく》の赤壁《せきへき》キャンプでファルコンズは、上杉謙信《うえすぎけんしん》、坂本龍馬《さかもとりょうま》、聖徳太子《しょうとくたいし》といったライバルたちに信長《のぶなが》が助《すけ》っ人《と》をたのんだ。そして三人《にん》にはキャンプ中《ちゅう》、バッティングピッチャーとして働《はたら》いてもらったんだ。

しかもただのバッティングピッチャーではなく、アンチヒーローズの呂布対策《りょふたいさく》として、三メートルも手前《てまえ》で投《な》げるという、とんでもないもの。

真田幸村《さなだゆきむら》はじまんのバットを折《お》られ、前田慶次《まえだけいじ》は何度《なんど》もしりもちをつき、本多忠勝《ほんだただかつ》はバットにあてられずに苦《くる》しみ、毛利元就《もうりもとなり》は自打球《じだきゅう》で全身《ぜんしん》ボロボロになっていた。

その苦《くる》しみをのりこえたからこそ、この作戦《さくせん》はうまくいっている。うまくいっているけれど……。

「しかし、ゆだんはするなよ、虎太郎《こたろう》」

「……うん、わかってる」

秀吉《ひでよし》の注意《ちゅうい》に、ぼくはうなずく。そして打席《だせき》を見《み》た。

つぎは五番《ばん》の真田幸村《さなだゆきむら》。ヒットがでればまちがいなく点《てん》がはいるこの場面《ばめん》。一気《いっき》に試合《しあい》を有利《ゆうり》にすることができる重要《じゅうよう》な打席《だせき》だけど……。

――だいじょうぶかな、あれ……。

ぼくは心配《しんぱい》になる。なぜなら真田幸村《さなだゆきむら》のその顔色《かおいろ》は真《ま》っ青《さお》で、とても体調《たいちょう》がよさそうには見《み》えないからだ。

キャンプ中《ちゅう》もじまんの十文字《じゅうもんじ》ヤリバットが折《お》れていたし、もしかしたらきびしすぎる特訓《とっくん》で、体《からだ》の調子《ちょうし》を悪《わる》くしたのかもしれない。

「マズいね……。二、三塁《るい》にランナーいるけど、ツーアウトだし……」

「うむ。真田幸村《さなだゆきむら》がフォアボールになってしまえば、もしかするとワシまで打順《だじゅん》がまわるかもしれぬ……」

秀吉《ひでよし》が真剣《しんけん》な顔《かお》で心配《しんぱい》していた。なんてなさけないひとだろう。

でも一方《いっぽう》でぼくのうしろでは、

「ついにあれを使《つか》うのか……」

と、徳川家康《とくがわいえやす》が、ぼくや秀吉《ひでよし》とはちがう心配《しんぱい》をしていた。

「あれって？」

気《き》になって聞《き》いてみると、

「真田幸村《さなだゆきむら》のあのバットじゃよ。持《も》ちぬしの力《ちから》を吸《す》いとる、強《つよ》いが危険《きけん》なバットよ」

徳川家康《とくがわいえやす》はそんなことをいう。どういうことだろう？　ぼくは首《くび》をかしげながら、視線《しせん》を前《まえ》にもどした。

「へっ。真田幸村《さなだゆきむら》。おまえ、そんな青《あお》い顔《かお》をしていて、この呂布《りょふ》のボールを打《う》てると思《おも》ってんのかよ。病人《びょうにん》は家《いえ》で寝《ね》てろ」

呂布《りょふ》がちょっと安心《あんしん》したような顔《かお》で、真田幸村《さなだゆきむら》を挑発《ちょうはつ》する。

「打《う》てると思《おも》っていなければ、ここにはたたぬ」

「なに〜」

顔色《かおいろ》の悪《わる》い真田幸村《さなだゆきむら》だったけど、目《め》だけはしっかりと呂布《りょふ》を見《み》すえていた。真剣《しんけん》な、サムライの目《め》だった。

「……まあ、いい。まぐれでヒットを二本《ほん》打《う》たれたが、ぐうぜんは何回《なんかい》もつづかねえ。さっさと終《お》わらせて……」

呂布《りょふ》がいうと、真田幸村《さなだゆきむら》はふっとわらった。

「ぐうぜんかどうか、まあ投《な》げるがいいでござるよ」

「な、なんだとぉ……」

呂布《りょふ》は強《つよ》くにらむけど、真田幸村《さなだゆきむら》は動《どう》じない。ゆらりとバットをたて、キッと呂布《りょふ》をにらみかえした。

「妖刀村正《ようとうむらまさ》バットの、初陣《ういじん》でござる」

「なまいきなヤローだ……」

呂布《りょふ》は顔《かお》だけでわらって、手《て》にさらに力《ちから》をこめる。きっといままで無敵《むてき》をほこっていただけに、思《おも》いどおりにならない展開《てんかい》にイライラしてるんだ。

でも、ぼくには気《き》になることがひとつ。

「ねえ、ヒカル。妖刀村正《ようとうむらまさ》バットってなに？」

「うん……」

聞《き》くとヒカルのこめかみに、汗《あせ》が流《なが》れた。

「妖刀村正《ようとうむらまさ》っていうのは、真田幸村《さなだゆきむら》さんが生前《せいぜん》に使《つか》っていた刀《かたな》だよ。それを使《つか》って真田幸《さなだゆき》村《むら》さんは、大坂夏《おおさかなつ》の陣《じん》で家康《いえやす》さんを、あと一歩《いっぽ》まで追《お》いつめたらしいんだ」

「家康《いえやす》さんを？　それはすごい」

「それだけじゃないよ」

ヒカルはクルッと顔《かお》をむけて、真剣《しんけん》な顔《かお》でぼくを見《み》つめた。

「家康《いえやす》さんのおじいさんが斬《き》られたのもその刀《かたな》だし、それに村正《むらまさ》は江戸幕府《えどばくふ》にも、何度《なんど》か災《わざわ》いをもたらしたといわれているの。おそろしい刀《かたな》なんだ」

「そ、そんな呪《のろ》いみたいな……」

だから、『妖刀《ようとう》』なのか……。さっき徳川家康《とくがわいえやす》がおそれていたのは、それでだな。

「フン。妖刀《ようとう》だかヨットだか知《し》らねえが、そんなインチキバットで、おれの球《たま》が打《う》てるわけねえだろ！　なめんじゃねえ！」

呂布《りょふ》は顔《かお》をしかめてから、大《おお》きくふりかぶる。そして、

「食《く》らええっ！」

と叫《さけ》んで腕《うで》を回転《かいてん》させ、さっきまでと同《おな》じようにダイナミックな動作《どうさ》で、赤《あか》い弾丸《だんがん》、赤《せき》兎馬《とば》ボールを投《な》げこんだ。

それはギューンという音《おと》が聞《き》こえそうなほどの勢《いきお》いで、キャッチャーミットへまっすぐにむかっていく。

——やはり、すごい球威《きゅうい》！

ぼくじゃ絶対《ぜったい》に打《う》てないような球《たま》だ。

でも！

つぎの瞬間《しゅんかん》にハデな音《おと》を鳴《な》らしたのは、その村正《むらまさ》バット。

それはカーンとかんぺきにボールをとらえ、打球《だきゅう》は火《ひ》をふくように、呂布《りょふ》の顔面《がんめん》にライナーでむかっていく。さすが妖刀《ようとう》で打《う》ったボール！

「ぐっ！」

呂布《りょふ》はあわててグラブをつきだすけど、キャッチはできない。顔《かお》にあたりそうな打球《だきゅう》をよけるのが精一杯《せいいっぱい》で、打球《だきゅう》は一気《いっき》にまたセンターへ！　すると、

「まずは二点《てん》！」

前田慶次《まえだけいじ》と信長《のぶなが》はホームベースをかけ抜《ぬ》け、それを見《み》たファルコンズナインは大騒《おおさわ》ぎ。全員《ぜんいん》が手《て》をつきだして、前田慶次《まえだけいじ》とハイタッチをしている。ぼくも、ヒカルも、秀吉《ひでよし》も！

これで一気《いっき》に二点《てん》リード！　作戦成功《さくせんせいこう》だ！

「なんでだよっ！」

ふと大声《おおごえ》が聞《き》こえて前《まえ》を見《み》ると、ピッチャーマウンドでは呂布《りょふ》が地面《じめん》にグラブをたたきつけていた。こめかみには血管《けっかん》をうかせている。

「もう許《ゆる》せねえっ！　おまえら、これですむと思《おも》うなよっ！」

「なにをいうておるんじゃ」

ベンチから秀吉《ひでよし》がからかう口調《くちょう》で、呂布《りょふ》にこたえる。

「これですむもなにも、もうおぬしの速球《そっきゅう》は攻略《こうりゃく》されたんじゃ。どうにもできんわい」

「なんだと、このサル！」

「ぷっ。サルじゃって。誰《だれ》にいっておるんじゃろうね」

秀吉《ひでよし》は呂布《りょふ》を指《ゆび》さして、「なあ？」って感《かん》じでぼくにいってきた。でも、それは秀吉以《ひでよしい》外《がい》にいないと思《おも》う。

「あまく見《み》るなよ……。いままではやさしくなでるように投《な》げてやってたんだ。これからはちがうからなっ！」

呂布《りょふ》がいかりの声《こえ》をあげると、

「大声《おおごえ》をださんでいい、呂布《りょふ》よ」

打席《だせき》の本多忠勝《ほんだただかつ》が、注意《ちゅうい》する口調《くちょう》でいった。

「ピッチャーならボールで語《かた》れ。言葉《ことば》は不要《ふよう》じゃ」

「うるせえうるせえうるせえ！　さっきから、なまいきなんだよ！　弱虫《よわむし》ども！」

呂布《りょふ》はイライラをばくはつさせ、そうまくしたてた。そしていかりの表情《ひょうじょう》のまま、足《あし》を大《おお》きくふみだし、縄《なわ》をねじったようなふとい腕《うで》をしならせて、

「こいつを食《く》らえっ！」

と、また赤兎馬《せきとば》ボールを投《な》げこんだ。

――いつもより速《はや》い！　しかも……。

「うおっ！」

本多忠勝《ほんだただかつ》はボールを見《み》て、おもわずのけぞる。

なぜなら呂布《りょふ》の投《な》げたボールはストライクゾーンではなく、体《からだ》の近《ちか》く、インコースをえぐるようについてきたからだ。

「うそっ！」

ぼくは、あぜんとしていった。

呂布《りょふ》が真《ま》ん中以外《なかいがい》にも投《な》げるなんて……。仲間《なかま》を信用《しんよう》していないから、ストライクゾーンにしか投《な》げないと思《おも》っていたし、実際《じっさい》にいままではそうだった。でも、どうしていきなり。もしかすると、キャッチャーの曹操《そうそう》は別《べつ》なのか？

ぼくがそう思《おも》っていると、

「いままでは、おれの速球《そっきゅう》を体《からだ》にあてたらかわいそうだから、ちょっと力《ちから》をおさえて投《な》げてやってたんだ！　そのぶん、コントロールをよくしてたな！」

呂布《りょふ》が目《め》を血《ち》ばしらせていった。

「覚悟《かくご》しろよ。もう手《て》かげんしねえ。赤兎馬《せきとば》ボール、速《はや》くなる上《うえ》に、ちょっと荒《あ》れるぜ……」

そんな……。

これは、悪《わる》いほうへ予想外《よそうがい》だ……。あの球威《きゅうい》でコースに予想《よそう》がつかないなんて、そんなの、もうどうしようもない。

ぼくはスコアボードに目《め》をやる。するとそこには『172キロ』と、さっきの球《たま》の球速《きゅうそく》が表示《ひょうじ》されていて、スタジアムのお客《きゃく》さんはそれを見《み》てまたざわめいていた。

——現世《げんせ》でも世界記録《せかいきろく》だぞ、これ……。

ぼくのこめかみに汗《あせ》が流《なが》れた。

あの球速《きゅうそく》のボール、しかも荒《あ》れ球《だま》なんて、もう手《て》のだしようがないじゃないか……。こんなの、パワーアップしたのと同《おな》じ。ここからの追加点《ついかてん》は、期待《きたい》できない……。

ぼくはそう直感《ちょっかん》する。

そしてその直感《ちょっかん》が正《ただ》しいことをしめすように、打席《だせき》の本多忠勝《ほんだただかつ》はあっというまに三振《さんしん》にたおれた。本多忠勝《ほんだただかつ》だって、キャンプで特訓《とっくん》を積《つ》んだひとりなんだけど……。

圧倒《あっとう》される呂布《りょふ》のパワー。まさに怪物《かいぶつ》。三国志最強武将《さんごくしさいきょうぶしょう》は伊達《だて》じゃない。

――でも。

でもリードしているのは、ぼくたちだ。

ぼくが点《てん》をやりさえしなければ、この勝負《しょうぶ》は勝《か》てる！

七回裏《かいうら》

勝《か》てるんだけど……。

――マズい流《なが》れだ……。もう失点《しってん》は許《ゆる》されないのに。

そう思《おも》いながらチラリと横《よこ》をむくと、一塁《るい》ベースでは、ねばってフォアボールを勝《か》ちとった曹操《そうそう》が、ニヤリと笑《え》みをうかべてそこにたっている。

そして打席《だせき》にたつのは呂布《りょふ》である。

どうしよう、これ……。

はっきりいって、大《だい》ピンチだ。

呂布《りょふ》のバッティングは知《し》っている。どんなコースでもそれなりに対応《たいおう》して、とくにインコースのボールはほぼホームランにされてしまう。

だからぼくは、これまでアウトコースに投《な》げることで、ホームランをふせいできた。これならたとえ長打《ちょうだ》を打《う》たれても、呂布《りょふ》の前《まえ》にランナーさえださなければ点《てん》をやることはなかったからだ。

でも、とうとうこの回《かい》、ツーアウトをがんばってとったけど、そのあとでランナーをだしてしまった。長打《ちょうだ》になれば点《てん》をいれられてしまう。

さあ、どうする？　敬遠《けいえん》？　でも……。

ぼくは胸《むね》のキャプテンマークに手《て》をふれた。すると、

——弱気《よわき》を許《ゆる》さぬ！

頭《あたま》の中《なか》にひびきわたる、信長《のぶなが》の声《こえ》。

そうだ。一塁《るい》もあいていないのに、敬遠《けいえん》なんて作戦《さくせん》はとれない。それにまだ打《う》たれるときまったわけじゃないんだ。ぼくには神風《かみかぜ》ライジングと、それに徳川家康《とくがわいえやす》のリードがあるんだから……。

「いったはずだ。もう手《て》かげんはしねえ」

ぼくが目《め》をふせて自分《じぶん》をおちつかせていると、前《まえ》のほうから呂布《りょふ》の声《こえ》。

視線《しせん》をあげて見《み》てみると、そこでは呂布《りょふ》が、見《み》たこともないバットを持《も》って、どっしりと打席《だせき》にたっていた。

それはめちゃくちゃ大《おお》きな、武器《ぶき》のようなバットだ。関羽《かんう》の『青龍偃月刀《せいりゅうえんげつとう》バット』よりも大《おお》きくて、呂布《りょふ》の身長《しんちょう》くらいありそう。よく見《み》ると、そのさきっぽには三日月《みかづき》のようなかたちのかざりが、ふたつつけられている。

――あれをふりまわすの？　とてつもなく重《おも》そうだけど……。

でも無理《むり》だ、とは思《おも》えなかった。むしろ呂布《りょふ》のパワーなら、あれくらいのほうがあってるようにも感《かん》じられた。

「まさか日本《にほん》のチーム相手《あいて》に、この『方天画戟《ほうてんがげき》バット』を使《つか》うとは思《おも》わなかったがなあ。帰《かえ》ったらじまんしていいぜ。方天画戟《ほうてんがげき》バットでホームランを打《う》たれたってな」

「ほ、方天画戟《ほうてんがげき》……」

ってなんだろう。頭《あたま》に疑問《ぎもん》をうかべると、

『方天画戟《ほうてんがげき》は、呂布《りょふ》さんが生前《せいぜん》に使《つか》っていた武器《ぶき》だよっ！』

ヒカルがテレパシーで教《おし》えてくれる。その口調《くちょう》はあせっているように思《おも》えた。

『生前《せいぜん》の武器《ぶき》……』

『そう。気《き》をつけてね、虎太郎《こたろう》クン。あれはとても使《つか》いにくい武器《ぶき》だけど、そのぶん、使《つか》いこなしたらとんでもない威力《いりょく》を発揮《はっき》するんだよ。呂布《りょふ》さんはあれを使《つか》って無敵《むてき》といわれていたし……』

『で、でも、いままでみたいにアウトコースに投《な》げたら……』

ぼくがいうと、ヒカルは少《すこ》しだけ間《ま》をおいて、それにこたえた。

『呂布《りょふ》さん、あの武器《ぶき》を使《つか》って、劉備《りゅうび》さん、張飛《ちょうひ》さん、それに青龍偃月刀《せいりゅうえんげつとう》を使《つか》った関羽《かんう》さんと、三対《たい》一で戦《たたか》って互角《ごかく》だったんだよ……』

『う、うそ……』

ぼくはのどを鳴《な》らして、つばを飲《の》みこんだ。

ただでさえ、最強《さいきょう》の強打者《きょうだしゃ》だったのに……。その上《うえ》、こんなひみつ兵器《へいき》があるなんて……。しかも劉備《りゅうび》、関羽《かんう》、張飛《ちょうひ》と、あの武器《ぶき》を使《つか》って互角《ごかく》に戦《たたか》えたって？

なんなんだ、それ……。反則《はんそく》じゃないのか……。

「こわがる気持《きも》ちはわからねえでもないが、虎太郎《こたろう》よ」

呂布《りょふ》は方天画戟《ほうてんがげき》バットをグッとにぎった。そしてかまえをとり、こちらを見《み》る。

「投《な》げなきゃはじまらねえぜ。それとも試合放棄《しあいほうき》か？」

「な、投《な》げるよ！　投《な》げるにきまってるでしょ！」

ぼくはいって、大《おお》きくふりかぶる。

見《み》ると徳川家康《とくがわいえやす》のミットも、アウトコースにかまえられていた。

ぼくの神風《かみかぜ》ライジングをあのコースにきめれば、少《すく》なくともホームランは避《さ》けられるはずだ。最悪《さいあく》、長打《ちょうだ》で一点《いってん》いれられてもまだファルコンズのリードにちがいはない。

「いくよ！」

ぼくはそういうと、ステップをふむ。そして背中《せなか》から腕《うで》をまわし、バネのように体《からだ》を弾《はず》ませると、徳川家康《とくがわいえやす》のミットめがけて思《おも》いっきりボールをリリースした。

――よし！

神風《かみかぜ》ライジングはうまく投《な》げられた。コントロールだってバッチリだ。これなら――。

「あまい！」

高《たか》らかにひびく呂布《りょふ》の大声《おおごえ》。

この球《たま》でまだあまい？　まさか！

ぼくは強気《つよき》にそう思《おも》う。いや、思《おも》おうとしたけれど、でもつぎの瞬間《しゅんかん》に見《み》せられた、呂《りょ》布《ふ》のパワーは想像《そうぞう》を超《こ》えていた。

呂布《りょふ》は方天画戟《ほうてんがげき》バットをハンマー投《な》げの選手《せんしゅ》のようにふりまわすと、

「どおおおりゃあああ！」


と、スタジアム中《じゅう》にその気合《きあ》いをとどろかせる。そしてみなぎるパワーをバットのさきに集中《しゅうちゅう》させ、まるで手《て》で小虫《こむし》をなぎ払《はら》うように、そのバットをふり抜《ぬ》いた。ボールは重《おも》い音《おと》をのこして、一瞬《いっしゅん》で内野《ないや》を抜《ぬ》けていく。

「ああっ！」

ぼくはすさまじい勢《いきお》いで飛《と》ぶボールを目《め》で追《お》う。

それは天《てん》につきささるようなライナーで、スタジアムのすべての視線《しせん》を釘《くぎ》づけにしていた。軌道《きどう》はまちがいなくホームラン。だけれど……。

「ファール、ファール！」

審判《しんぱん》の両手《りょうて》が、頭《あたま》の上《うえ》でふられた。打球《だきゅう》はわずかに、ファールラインを割《わ》っていたのだ。

――助《たす》かった……。

ぼくはその場《ば》でくずれおちそうになる。

こんなところで同点《どうてん》にされたら、試合《しあい》は一気《いっき》に不利《ふり》になってしまう。

本気《ほんき》の呂布《りょふ》の赤兎馬《せきとば》ボールなんてもう打《う》ちようがないし、ピッチングにしたって、ぼくと呂布《りょふ》のスタミナくらべなら勝敗《しょうはい》ははっきりしている。

しかし、今回《こんかい》はたしかに助《たす》かったけど……。

――でも、あんな特大《とくだい》ファールを打《う》った呂布《りょふ》を、いま、どうアウトにしたらいい？

ぼくのこころは呂布《りょふ》の一撃《いちげき》で粉砕《ふんさい》されたようだった。いままできずきあげてきた自信《じしん》が、太陽《たいよう》にてらされた雪《ゆき》のようにとけていく。

せっかく特訓《とっくん》したのに……。あのきびしいキャンプにたえたのに……。

「くくく……。虎太郎《こたろう》。ようやくわかったか」

つめが食《く》いこむほど手《て》をにぎっていると、打席《だせき》では呂布《りょふ》がバットをにぎる。

「弱虫《よわむし》が力《ちから》をあわせても、おれには絶対《ぜったい》にかなわないってことだ。まあ、安心《あんしん》しろ。つぎはちゃんとスタンドまではこんでやる」

そう挑発的《ちょうはつてき》にいうと、呂布《りょふ》はまたかまえをとった。

そしてぼくはその姿《すがた》を、こわいと思《おも》った。そのこわさは、仲間《なかま》を信《しん》じれば強《つよ》くなれるという、ぼくの信《しん》じる道《みち》までいきどまりにした気《き》がした。なんだか、けっして届《とど》かない場所《ばしょ》に手《て》をのばしているような、真《ま》っ暗《くら》な感覚《かんかく》になってしまう。

ぼくはマウンドで、歯《は》を食《く》いしばった。気分《きぶん》はおちこみ、スタンドからの声援《せいえん》も、だんだん耳《みみ》に届《とど》かなくなる。

どうしたらいいんだろう。なにか、手《て》は……。

……ダメだ。なにもうかばない。どうしたらいいんだ、どうしたら！

——本当《ほんとう》に、呂布《りょふ》のいうとおりなのかもしれない。

絶望的《ぜつぼうてき》な気分《きぶん》でいると、こころの中《なか》で、もうひとりの自分《じぶん》がささやきかけてきた。

ぼくたちは弱《よわ》いから集《あつ》まっているだけで、強《つよ》かったら呂布《りょふ》のようにひとりでも九人《にん》を相《あい》手《て》に戦《たたか》えるのかもしれない。だってどうやったって呂布《りょふ》にかないっこないし、いまだって打《う》たれるのをわかっていて投《な》げなきゃいけないんだ。

本当《ほんとう》に強《つよ》ければひとりでいい。ぼくたちは弱《よわ》いから……。

そんな暗《くら》い考《かんが》えが胸《むね》の中《なか》にさしこんできたとき、

「どうしたんだ、虎太郎《こたろう》クン！」

「おぬしの力《ちから》はそんなもんか！」

聞《き》き覚《おぼ》えのある声《こえ》が、前《まえ》のほうから聞《き》こえてきた。――これはもしかして、上杉謙信《うえすぎけんしん》に武田信玄《たけだしんげん》？

「まだまだ、おんしは投《な》げられるぜよ！」

「そうでごわす！　気合《きあ》いでごわす！」

今度《こんど》は坂本龍馬《さかもとりょうま》に西郷隆盛《さいごうたかもり》の声《こえ》。どこだ？　どこから？　ぼくは目《め》をあげる。すると
バックネット裏《うら》に、たのもしい七人《にん》の顔《かお》を見《み》つけた。

「虎太郎《こたろう》クン、あなたならかならずできる！　呂布《りょふ》に勝《か》てる！」

「そうでしゅ！　さあ、虎太郎《こたろう》もはやくバットを持《も》って、呂布《りょふ》と決闘《けっとう》を……」

聖徳太子《しょうとくたいし》に、たぶんまたかんちがいしている卑弥呼《ひみこ》がいって、

「虎太郎少年《こたろうしょうねん》」

そのとなりでは、孔明《こうめい》がじっとぼくを見《み》ていた。

その目《め》は『すべてをあなたに託《たく》す』と、いっているように思《おも》えた。そしてぼくはその視《し》線《せん》で見《み》られ、目《め》が覚《さ》めるような思《おも》いだった。

そうだ。ぼくはファルコンズだけじゃない。あのひとたちからも、信頼《しんらい》されている。たちあがる力《ちから》をもらっている。

――これもしかすると、ひとつのチームプレーになるのかもしれない。

それに気《き》がつくと、ぼくは自分《じぶん》のこころに、また火《ひ》がついたのを感《かん》じた。たちあがる力《ちから》がわいた気《き》がした。すると、

「虎太郎《こたろう》！　自分《じぶん》を信《しん》じろ！」

「打《う》たれてもアウトにしてやる！」

たのもしいバックからも声《こえ》が聞《き》こえてきて、こころのほのおがさらに大《おお》きくもえさかっていく。もう、臆病《おくびょう》な自分《じぶん》はここにはいない。

――まだ、戦《たたか》える。ぼくには仲間《なかま》がいるんだから！

「……いくよ、呂布《りょふ》さん」

ぼくは打席《だせき》をにらみつける。

「フン。仲《なか》よしこよしの弱《よわ》いヤツらめ。目《め》にもの見《み》せてやる」

「目《め》にもの見《み》せられるのは、どっちだろうね」

ぼくは負《ま》けずにいいかえして、両腕《りょううで》を頭《あたま》の上《うえ》にかかげた。

——もう、気持《きも》ちで負《ま》けないぞ。

勝負《しょうぶ》だ！　最高《さいこう》の神風《かみかぜ》ライジングをお見舞《みま》いしてやる！

こころの中《なか》で覚悟《かくご》をかためると、ぼくはステップをふみ、体重《たいじゅう》を前《まえ》にかたむける。そしてしならせた腕《うで》を一気《いっき》にまわし、

「うおおおおお！」

と、気合《きあ》いを叫《さけ》びながら、全力《ぜんりょく》をこめたボールを投《な》げこんだ。

——これがダメなら、もうどうしようもない。

そう思《おも》えるくらい、投《な》げたそれはかんぺきな神風《かみかぜ》ライジングだった。

ボールは風《かぜ》をきりさき、空気《くうき》の中《なか》をすべるように一直線《いっちょくせん》にキャッチャーミットにむかっていく。そこにはぼくの力《ちから》だけじゃなく、みんなの思《おも》いものっている気《き》がした。

――どうだ！

ぼくは右足《みぎあし》を地《ち》につけ、ボールを見守《みまも》る。

そして打席《だせき》に見《み》たのは、

「だから無理《むり》だっていっただろっ！」

という呂布《りょふ》の大《おお》きな声《こえ》と、方天画戟《ほうてんがげき》バットのフルスイング。そしてなにかがばくはつしたのかと思《おも》うくらいの、強烈《きょうれつ》なバットの音《おと》だった。

ぼくはその瞬間《しゅんかん》、頭《あたま》がからっぽになった気《き》がした。


――うそ……。

ぼくはぼうぜんと上《うえ》を見《み》る。

そこでは呂布《りょふ》のはなった打球《だきゅう》が、はばたく鳥《とり》よりも高《たか》い位置《いち》で、ゆうゆうと空《そら》の真《ま》ん中《なか》を飛《と》んでいた。

そしてそれはやがてスコアボードのはるか裏側《うらがわ》に消《き》えていき、ぼくはただただ、頭《あたま》の中《なか》を真《ま》っ白《しろ》にして、それをながめることしかできなかった。

スタンドは、しずまりかえる。

ふと目《め》をやると、応援《おうえん》にきてくれていた七人《にん》のライバルたちも、口《くち》を半《はん》びらきにさせたまま、あぜんとそれを見《み》ていた。

ぼくはそれを見《み》てからやっと、ああ、ホームランを打《う》たれたんだと理解《りかい》した。

理解《りかい》したけど……。まさかあの球《たま》を、ホームランにされた？　本当《ほんとう》に？

自分《じぶん》の中《なか》で、ガラガラとなにかがくずれおちる。足元《あしもと》がなくなり、闇《やみ》の底《そこ》へ飲《の》みこまれていくような気持《きも》ちだった。

——こんなの、無理《むり》だよ。

ぼくは絶望《ぜつぼう》で目《め》の前《まえ》が暗《くら》くなり、ひざをマウンドについた。

するとスタジアムは、信《しん》じられない飛距離《ひきょり》をだしたそのホームランに、ようやくワッとわきあがる。それはほとんど悲鳴《ひめい》のようなものだったけど、呂布《りょふ》は自分《じぶん》の力《ちから》をほこるように、片手《かたて》をつきあげてダイヤモンドを一周《いっしゅう》していた。

——勝《か》てない。

ぼくのくちびるは、ふるえていた。おそろしいものを見《み》た気《き》分《ぶん》だった。

――ぼくたちはあのひとに、絶対《ぜったい》に勝《か》てないんだ……。

4章《しょう》 虎太郎《こたろう》にあって呂布《りょふ》にないもの

	1	2	3	4	5	6	7	8	9	計	H	E
桶狭間	0	0	0	0	0	0	2	0		2	3	0
魏	0	0	0	0	0	0	2			2	11	0

OKEHAZAMA Falcons

1	前田　慶次	左
2	毛利　元就	遊
3	伊達　政宗	目
4	織田　信長	一
5	真田　幸村	三
6	本多　忠勝	中
7	徳川　家康	捕
8	豊臣　秀吉	右
9	山田虎太郎	投

B
S
O

UMPIRE

CH	1B	2B	3B
紫	白	黒	桃
鬼	鬼	鬼	鬼

魏 Anti HEROES

1	楽進　文謙	遊
2	夏侯惇元譲	目
3	曹操　孟徳	捕
4	呂布　奉先	投
5	司馬懿仲達	右
6	許褚　仲康	一
7	張遼　文遠	左
8	賈詡　文和	中
9	荀攸　公達	三

けっきょくぼくはあのあと、とても慎重《しんちょう》なバッティングを見《み》せる司馬懿《しばい》というひとに、めちゃくちゃねばられてフォアボールをだしてから、なんとか回《かい》を終《お》えた。

ギリギリのところでふんばれたけど、やっぱり呂布《りょふ》に打《う》たれた動揺《どうよう》は大《おお》きくのこっていて、徳川家康《とくがわいえやす》のリードや味方《みかた》の守備《しゅび》がなければ、ぼくは何点《なんてん》とられていたかわからない。

それくらい呂布《りょふ》のはなったしょうげきは、ぼくにとってとてつもないものだった。

つづく八回《かい》はなんとか三者凡退《さんしゃぼんたい》におさえたけど、ファルコンズの攻撃《こうげき》も、呂布《りょふ》の荒《あ》れ球《だま》でフォアボールがひとつでただけ。ぜんぶ三振《さんしん》になっている。

そして2―2の同点《どうてん》のまま、試合《しあい》はいよいよ九回《かい》へすすんでいったけど――。

九回表《かいおもて》

ぼくは左手《ひだりて》で、自分《じぶん》の右肩《みぎかた》をもんだ。でもそこはつかれて感覚《かんかく》がにぶくなりはじめていて、もんだところは、ちょっとだけ痛《いた》く感《かん》じられた。

――限界《げんかい》が近《ちか》い……。

まだ少《すこ》しくらいならだいじょうぶそうだけど、でもマウンドでよゆうの表情《ひょうじょう》をうかべる呂布《りょふ》とくらべると、このさき、どっちが有利《ゆうり》かは誰《だれ》でもわかる。

だからこの九回《かい》に点《てん》をとるのが理想《りそう》だけど……。

「ストライク！　バッターアウト！」

高《たか》らかにひびく審判《しんぱん》のコール。

見《み》ていると打席《だせき》の二番《ばん》バッター、毛利元就《もうりもとなり》は、呂布《りょふ》のボールに反応《はんのう》すらできていなかった。本当《ほんとう》の力《ちから》をだした呂布《りょふ》のピッチングは、もうほとんど手《て》がつけられない。

これ、負《ま》けちゃうのかな……。

ぼくは目《め》を下《した》にむけて考《かんが》える。

もし負《ま》けちゃったら、ただの負《ま》けじゃすまないだろうなあ……。

きっとこの試合《しあい》の負《ま》けは、いままで自分《じぶん》が信《しん》じてきたものを打《う》ちけされるような、そんなこころにひびく負《ま》けになる。この試合《しあい》をおとしてしまったら、ぼくはこれからなにを信《しん》じていいのか、きっとわからなくなってしまうだろう。

――いやだ、そんなの。

せっかくいままで、信長《のぶなが》やファルコンズのみんなに教《おし》えてもらったチームプレーでやってきたのに。仲間《なかま》を信《しん》じるこころでやってきたのに……。

ひざをつかんでそう思《おも》っていると、手《て》になにかがおちた。

それは、ほっぺたから流《なが》れてきた、自分《じぶん》のなみだだった。

――いつのまにか、泣《な》いちゃってた……。

あわてて腕《うで》でごしごしと目《め》をぬぐうと、

「こわいか、虎太郎《こたろう》よ」

となりに信長《のぶなが》が座《すわ》り、話《はな》しかけてきた。変《へん》なところを見《み》られてちょっとあせったけど、ぼくはもう一度《ど》なみだをぬぐって、首《くび》をたてにふった。言葉《ことば》を口《くち》にすると変《へん》な声《こえ》になっちゃいそうだったから、だまったまま。

「そうか」

信長《のぶなが》はそこで言葉《ことば》を区切《くぎ》り、

「ワシもこわい」

そうつづけた。

OKEHAZAMA
Falcons

「えっ。信長《のぶなが》さんも？」

おもわず口《くち》にしてしまうと、声《こえ》はやっぱり上《うわ》ずっていた。信長《のぶなが》はそんなぼくを、ちょっとほほえんだ顔《かお》で見《み》て、

「勝負《しょうぶ》というのは、いつもこわいものだ。相手《あいて》が呂布《りょふ》だろうと、誰《だれ》だろうとな」

やさしい声《こえ》でいった。信長《のぶなが》らしくない表情《ひょうじょう》と声《こえ》、そして話《はなし》の内容《ないよう》だった。

「そう。勝負《しょうぶ》はいつもこわい。しかしな、虎太郎《こたろう》」

「――うん」

なみだ目《め》のまま返事《へんじ》をして、ぼくは信長《のぶなが》を見《み》る。

「これははっきりいえることじゃが、こわさを知《し》らぬ者《もの》はいずれほろびる。それは勇気《ゆうき》とはちがうものだからのう」

「勇気《ゆうき》とは、ちがう？」

「そうだ」

いって、信長《のぶなが》はたちあがった。

「虎太郎《こたろう》よ。貴様《きさま》はこの試合《しあい》で、こわさを学《まな》んだ。なら、それだけでもこの試合《しあい》は意味《いみ》の

あるものだった。あとは、まかせておくがいい」

「まかせて……？」

信長《のぶなが》はこたえる代《か》わりに前《まえ》をむいた。

そこでは三番《ばん》の伊達政宗《だてまさむね》が三振《さんしん》していて、これでいよいよ四番《ばん》、信長《のぶなが》の打席《だせき》だ。もしかすると、この試合《しあい》でさいごの。

「打《う》てるの？」

おもわず、信長《のぶなが》に聞《き》く。でも信長《のぶなが》はなにもこたえずに、背中《せなか》を見《み》せて打席《だせき》へと歩《ある》いていった。

──だいじょうぶかな……。

ぼくがそのうしろ姿《すがた》をじっと見《み》ていると、

「たしか、信長様《のぶながさま》がおぬしに勇気《ゆうき》という言葉《ことば》を教《おし》えるのは、これで二回目《かいめ》だったのう」

となりに秀吉《ひでよし》が座《すわ》り、話《はな》しかけてきた。

「──うん。たしかそうだね」

一回目《いっかいめ》は、川中島《かわなかじま》サンダースと戦《たたか》ったときだった。

仲間《なかま》を信用《しんよう》できないぼくに、信長《のぶなが》は勇気《ゆうき》を持《も》って自分《じぶん》たちを信《しん》じろと、強《つよ》くはげましてくれたんだ。

「そう。では、いまのおぬしはどうじゃ？」

「いま？」

「そうじゃ。よく思《おも》いかえせ。いまの自分《じぶん》を」

「ぼくの……」

いわれてぼくは自分《じぶん》のこころの中《なか》をのぞこうと、目《め》をつぶってみる。

いつもならそこには、勝《か》ちたいという気持《きも》ちや、仲間《なかま》を応援《おうえん》する思《おも》いがはいっているはずだった。でも、いまはちがった。

そこにあったのは、呂布《りょふ》や、負《ま》けてしまうことへのこわさ、恐怖《きょうふ》だった。それらがぐちゃぐちゃにまざって、ぼくのこころを暗《くら》くしていた。勇気《ゆうき》なんて見《み》あたらなくて、こころの中《なか》は、むかしの自分《じぶん》そのものな気《き》がした。

こんな臆病《おくびょう》なこころじゃ、仲間《なかま》を信《しん》じられない。

——信長《のぶなが》さんも秀吉《ひでよし》さんも、これをいいたかったんだ……。

そうだ。ぼくはいま、打席《だせき》にたつ信長《のぶなが》さえ信《しん》じられていなかった。だから、あんなことを聞《き》いてしまった。

実際《じっさい》に打《う》てるかどうかは問題《もんだい》じゃない。そう信《しん》じないといけないのに。仲間《なかま》を信頼《しんらい》するこころを、ぼく自身《じしん》が見失《みうしな》っていた。

信《しん》じるこころは力《ちから》に変《か》わる。

それは赤壁《せきへき》キャンプで、ちゃんとわかったつもりだったのに。

ぼくはそれに気《き》がつくと、なくしたものをとりかえしたような、ふしぎな気持《きも》ちになった。こわい気持《きも》ちはやっぱりあったけど、それでも胸《むね》の中《なか》のもやもやはすっ飛《と》んで、こころの中《なか》が洗《あら》われたようだった。

「秀吉《ひでよし》さん」

ぼくは目《め》を開《あ》け、キャンプ中《ちゅう》だけじゃなくてこんなときにまではげましてくれた、とても大事《だいじ》なひとの名前《なまえ》を呼《よ》んだ。

「うむ」

「――ぼく、臆病《おくびょう》だったかも」

こたえると、秀吉《ひでよし》はニヤッとわらった。

「なら、どうするかはわかるだろう。信長様《のぶながさま》を信《しん》じ、そして自分《じぶん》を信《しん》じるのだ」

「……うん。でも……」

「なんじゃ」

「秀吉《ひでよし》さん、たまにかっこいいね」

「いつも、のまちがいじゃろ」

そういって、秀吉《ひでよし》は大《おお》きな声《こえ》でわらった。そのわらい声《ごえ》は、やっぱりぼくをはげましてくれているように思《おも》えた。

ぼくも秀吉《ひでよし》のようにわらって、前《まえ》を見《み》た。気持《きも》ちはさっぱりしていた。

ファルコンズが不利《ふり》な状況《じょうきょう》なのはわかってる。でも信《しん》じないとはじまらない。ぼくは打《だ》席《せき》にたつ信長《のぶなが》を、じっと見《み》つめた。

「フン。信長《のぶなが》か。さっきヒットを打《う》ったからって、あんまり調子《ちょうし》にのるんじゃねえぞ」

呂布《りょふ》が、おどすような口調《くちょう》で信長《のぶなが》にいう。

「抜《ぬ》かせ。貴様《きさま》など眼中《がんちゅう》にないわ。ストレートしか投《な》げられない筋肉《きんにく》じまんめ」

「……いまからその筋肉《きんにく》じまんが、とくいのストレートを投《な》げてやるよ」

「ふっ。せいぜいはげむがよい」

信長《のぶなが》は挑発《ちょうはつ》をかさねて、呂布《りょふ》を見《み》すえる。呂布《りょふ》はこめかみにういた血管《けっかん》をピクピクさせながら、腕《うで》の筋肉《きんにく》をもりあがらせた。あんなに怒《おこ》らせたんじゃ、ますます球《たま》が荒《あ》れちゃうぞ……。

「信長様《のぶながさま》の特訓《とっくん》も、すさまじいものだったからのう」

前《まえ》を見《み》ていると、秀吉《ひでよし》がしみじみといった。

「え？　でも信長《のぶなが》さんって、たしかノッカーしていて特訓《とっくん》はしてなかったんじゃ……？」

「バカじゃのう、おぬし。信長様《のぶながさま》がただノックするだけのわけがないじゃろ」

「それじゃ……」

「さよう。ノックそのものが、信長様《のぶながさま》の特訓《とっくん》だったんじゃ。おぬしは気《き》がつかんかったか？　信長様《のぶながさま》のバットがちがっていることに」

「ちがっていた……？」

そういえば、信長《のぶなが》はいっていた。ようやくバットを持《も》ちかえられると……。

「おぬしの作戦《さくせん》がはじまるまで信長様《のぶながさま》が使《つか》っていたのは、重《おも》いマスコットバットじゃ。もちろん、ノックのときからずっと」

「マスコットバットで？」

あの地獄《じごく》のノックを？　それは、すごい……。

「そうじゃ。見《み》ものじゃぞ。信長様《のぶながさま》がパワーアップしたんじゃからのう」

秀吉《ひでよし》は視線《しせん》を前《まえ》にもどす。そこでは呂布《りょふ》がいかりで目《め》をもやし、よゆうをうかべる打席《だせき》の信長《のぶなが》をにらみつけていた。

「弱《よわ》いクセに……」

呂布《りょふ》はそういって、腕《うで》を高々《たかだか》とかかげる。そしてドスンと足《あし》を前《まえ》にふみだすと、

「なまいきなんだよっ！」

そのふとい腕《うで》をムチのようにしならせた。

速《はや》い！　しかも！

「ストライク！」

ど真《ま》ん中《なか》……。

マズいぞ。いきなりストライクカウントをかせがれた。信長《のぶなが》は、バットをピクリとも動《うご》かせない。

――真《ま》ん中《なか》のボールに、反応《はんのう》すらできないなんて……。特訓《とっくん》でパワーがあがっていても、反応《はんのう》できないんじゃ意味《いみ》がないぞ。

「どうしたよ、信長《のぶなが》。ちょっと手《て》かげんしてやろうか？」

呂布《りょふ》がボールを受《う》けとりながらいった。

「なんじゃ。手《て》かげんしてほしいのは、そっちじゃないのか？　頭《あたま》をさげてたのむのであれば、考《かんが》えてやらんでもない」

「てめえ……」

呂布《りょふ》は目《め》をつりあげて怒《おこ》る。

「いいかげんにしとけよっ！　弱《よわ》いヤツは強《つよ》いヤツにふみつぶされるのが運命《うんめい》だろっ。おれより弱《よわ》いヤツらが、いつまで抵抗《ていこう》するんだよっ！」

「弱《よわ》い、か……」

信長《のぶなが》はバットでホームベースをトントンとたたき、

「なるほど。たしかにワシは貴様《きさま》より弱《よわ》いかもしれぬ」

そして、バットをかまえた。

「しかしワシらは貴様《きさま》より強《つよ》い。呂布《りょふ》よ。いまこそ、それに気《き》づかせてやる」

「それがなまいきなんだよっ！」

呂布《りょふ》は歯《は》を食《く》いしばって、いかりで顔《かお》を真《ま》っ赤《か》にさせた。

その形相《ぎょうそう》は鬼《おに》のようにすさまじく、審判《しんぱん》の鬼《おに》たちよりも、だんぜんこわい。

——でも……。

信長《のぶなが》はキャンプでいっていた。強《つよ》さの種類《しゅるい》とはひとつではないと。

ジャンケンのように、いろいろな強《つよ》さがあると。

呂布《りょふ》は、信長《のぶなが》のこわさを知《し》らない。

自分《じぶん》の強《つよ》さだけを信《しん》じすぎているから。

なら、呂布《りょふ》のこれは勇気《ゆうき》じゃない。ただの無鉄砲《むてっぽう》だ。

そんな呂布《りょふ》を見《み》て、ぼくは『呂布《りょふ》はこわさを知《し》らない』っていう信長《のぶなが》の言葉《ことば》の意味《いみ》が、なんとなくわかった気《き》がする。

呂布《りょふ》はこわさを知《し》らないから、仲間《なかま》を知《し》らないから、信頼《しんらい》するこころを知《し》らないから、そして知《し》っているのが自分《じぶん》の強《つよ》さだけだから、ずっとひとりだったんだ。

——かわいそうに……。

「あわれな呂布《りょふ》よ。いまこそいんどうを渡《わた》してやる」

「うるせえ！　おまえには今日《きょう》、最高《さいこう》のボールをお見舞《みま》いしてやる！」

いうと、呂布《りょふ》はボールをにぎる右腕《みぎうで》に力《ちから》をこめはじめた。すると——。

「な、なにあれ……」

「こ、こ、こ、こわいよ、虎太郎《こたろう》クン……」

ぼくはおもわずつぶやいた。ヒカルもおどろいている。

なぜなら呂布《りょふ》の右腕《みぎうで》は、メキメキと音《おと》を鳴《な》らしてふくらみ、そのふとさはさっきまでの倍《ばい》ほどまでもりあがっている。そして変形《へんけい》するんじゃないかと思《おも》うほどの握力《あくりょく》でボールをつかみ、その赤《あか》い糸《いと》を完全《かんぜん》につぶしていた。

――まだ、こんなパワーをかくし持《も》っていたなんて……。

「いくぞ！　信長《のぶなが》！　弱《よわ》いのはどっちか、思《おも》い知《し》らせてやるっ！」

呂布《りょふ》は耳《みみ》がつぶれると思《おも》うくらいの大声《おおごえ》で叫《さけ》び、腕《うで》をふりかぶった。

――どんな剛速球《ごうそっきゅう》になるんだろう……。

手《て》をにぎってその勝負《しょうぶ》を見守《みまも》っていると、

「虎太郎《こたろう》よ」

秀吉《ひでよし》が話《はな》しかけてきた。

「なに？　いまは話《はなし》どころじゃ……」

ぼくはそうこたえる。そしてこうしている間《あいだ》にも、呂布《りょふ》はステップをふみ、野獣《やじゅう》のような力強《ちからづよ》い動作《どうさ》で、腕《うで》を背中《せなか》にまわしていた。

「なに、すぐすむ。おぬしは覚《おぼ》えておるか？　信長様《のぶながさま》のとくいなコースを」

「え？　とくいなコース？」

信長《のぶなが》はどんな球《たま》でも打《う》っていたけど……。

「そう。信長様《のぶながさま》は練習《れんしゅう》の末《すえ》にどんな球《たま》でも打《う》てるようになっておるが、本来《ほんらい》、とくいにしているコースがある。おぬしはそれを知《し》っているはずじゃぞ」

「ぼくが？」

考《かんが》えていると、

「ぐらえええええっ！」

前《まえ》からはそんな絶叫《ぜっきょう》がほとばしる。見《み》るとそれはやっぱり呂布《りょふ》で、うかべる表情《ひょうじょう》はけわしく目《め》はギラギラと真《ま》っ赤《か》に充血《じゅうけつ》し、それはもう野性《やせい》そのものの顔《かお》だった。

しかも、呂布《りょふ》が投《な》げた赤兎馬《せきとば》ボールは、これまで見《み》たこともないような勢《いきお》い。

あれが大砲《たいほう》から発射《はっしゃ》されたボールだっていわれても、ぼくはうたがわないと思《おも》う。それくらいすごいものだった。

——でも。

ラッキーだ。呂布《りょふ》が投《な》げたこのボールはストライクゾーンからだいぶはずれていて、たぶんボールになる。見逃《みのが》せばボールカウントがかせげるだろう。

そう思《おも》っていたら、

「これじゃっ！」

秀吉《ひでよし》がガタッと音《おと》を鳴《な》らしてたちあがる。

「これって？」

「さっきいったじゃろう！　信長様《のぶながさま》のとくいコース！　おそらく、呂布《りょふ》の球《たま》が荒《あ》れだしてから、ねらっておられたのじゃ！」

「こ、こんなボールを？」

ぼくは呂布《りょふ》の投《な》げた球《たま》を見《み》るけど、やっぱりそれは見逃《みのが》せばボールになりそうな球《たま》。打《う》ちごろとは思《おも》えない。

ふつうなら見逃《みのが》していい球《たま》だけど……。

見逃《みのが》していい球《たま》？

——そうか！

「わかったか、虎太郎《こたろう》！」

秀吉《ひでよし》がそういうのと同時《どうじ》に、

「真《しん》・天下布武打法《てんかふぶだほう》！」

打席《だせき》からは大声《おおごえ》が聞《き》こえた。

見《み》ると信長《のぶなが》は、たぶん『軽《かる》い』そのバットを豪快《ごうかい》にスイングし、それは呂布《りょふ》のはなったすさまじい球《たま》をかんぺきにとらえていた。するとひっぱたかれたそのボールは、雷《かみなり》がおちたかのような音《おと》をのこし、まっすぐレフト方向《ほうこう》へのびていく。

「なっ……！」

呂布《りょふ》はあわてて打球《だきゅう》の行方《ゆくえ》を目《め》で追《お》った。いや、それは呂布《りょふ》だけじゃない。ぼくも、秀吉《ひでよし》も、ヒカルも、他《ほか》のみんなも、スタジアム中《じゅう》がスタンドにむかうその球《たま》を、ずっとずっと見守《みまも》っていた。

「す、すごい……」

ぼくはベンチから、やがてスタンドに消《き》えていったボールを、あっけにとられてながめていた。

——たしかに信長《のぶなが》は、悪球打《あっきゅうう》ちがとくいだった。

上杉謙信《うえすぎけんしん》が投《な》げそこなったボールもホームランにしていたし、源義経《みなもとのよしつね》がコントロールミスをして顔《かお》にむかってきたボールもスクイズしていた。

だから荒《あ》れる呂布《りょふ》のボールは、たぶんコースとしては信長《のぶなが》にとって打《う》ちやすかった。そしてそこに、特訓《とっくん》で鍛《きた》えたパワーがくわわったんだ。

だけど、まさか、まさか、まさか。あの呂布《りょふ》から……。

ホームランなんて！

ファルコンズベンチは、ひと呼吸《こきゅう》おいて、わっともりあがった。

それはまるでお祭《まつ》りのような熱狂《ねっきょう》で、ベンチのみんなはだきあったりハイタッチをかわしたりして、よろこびにあふれかえっている。

でも、それもそのはずだ。だって、これで3―2。ファルコンズがリードで、九回《かい》の裏《うら》をむかえられる！

「見《み》たか、虎太郎《こたろう》」

ホームをふんだ信長《のぶなが》が、ベンチの前《まえ》にたち、ぼくに話《はな》しかけてきた。

「うん。すごかったよ」

「そうであろう。さあ、つぎは貴様《きさま》の番《ばん》だ」

「――うん」

こたえると、信長《のぶなが》はニヤリとわらう。

「信《しん》じておるぞ」

九回裏《かいうら》

泣《な》いてもわらってもさいごの回《かい》だ。

肩《かた》もだいぶつかれているけど、泣《な》き事《ごと》はいっていられない。いられないんだけど、神風《かみかぜ》ライジングはそれなりに気《き》をつかう球《たま》だ。つかれた肩《かた》ではコントロールがどうしても思《おも》いどおりにならなくて、一番《ばん》の楽進《がくしん》に、いきなりフォアボールをあたえてしまった。

なんとかたてなおさないと……。そう思《おも》ったところで、つぎは二番《ばん》の夏侯惇《かこうとん》というひと。一回《いっかい》からずっと、しかめっ面《つら》でこわい顔《かお》をしている。

そういえばこのひとも伊達政宗《だてまさむね》みたいに眼帯《がんたい》をしているけど、どうしたんだろう。

『それは生前《せいぜん》の戦《いくさ》のときに、目《め》に矢《や》を受《う》けたからだよ。だからそれ以来《いらい》、夏侯惇《かこうとん》さんは眼《がん》帯《たい》をまいているんだよ。武将《ぶしょう》としても優秀《ゆうしゅう》で、曹操《そうそう》さんが挙兵《きょへい》したときからの相棒《あいぼう》みたいなひと。親戚《しんせき》でもあるんだ』

『そうなんだ……』

「どうしたあっ！　小僧《こぞう》っ！」

怖《お》じ気《け》づいていると、夏侯惇《かこうとん》は打席《だせき》で大声《おおごえ》をあげた。

「はやくっ！　投《な》げぬかっ！　それともっ！　この夏侯惇《かこうとん》にっ！　臆《おく》したかあっ！」

「わ、わかったよ、わかったから」

なんでこのひと、いちいち声《こえ》が大《おお》きいんだろう。あんな大声《おおごえ》でせかされちゃ、いくらなんでもたまらないぞ。

それに……。九回裏《かいうら》のこの状況《じょうきょう》だから送《おく》りバントするだろうって思《おも》ったのに、夏侯惇《かこうとん》はどうも打《う》つ気満々《きまんまん》だ。

——バントがにがてなのかな？　まあ、こっちにとってはありがたいけど。

そう思《おも》いながら、ぼくはふりかぶって足《あし》をあげ、

「いくぞ！　神風《かみかぜ》ライジングだっ！」

と、ボールを投《な》げた。しかし……。

「しまった！」

あせりからかつかれからか、ボールはちょっとあまくはいってしまい、ぼくの顔《かお》はサッと青《あお》ざめる。たのむから見逃《みのが》してくれと思《おも》ったけど、でも相手《あいて》はだまっていない。

「もらった！」

そう叫《さけ》ぶと夏侯惇《かこうとん》はバットを小《ちい》さくスイングして、うまくそれをミートした。するとボールはカーンと気持《きも》ちいい音《おと》をのこして、レフト前《まえ》にはこばれていく。

「くそっ！」

打球《だきゅう》は前田慶次《まえだけいじ》がうまく処理《しょり》したけど、その間《あいだ》に一塁《るい》ランナーの楽進《がくしん》は二塁《るい》へ。夏侯惇《かこうとん》も一塁《るい》にたち、これでノーアウト一、二塁《るい》だ。

かんじんなところで打《う》たれてしまうなんて……。

これは、バントされるよりマズい状況《じょうきょう》になってきた……。

なぜならノーアウト一、二塁《るい》で、むかえるのは曹操《そうそう》、呂布《りょふ》だ。

——どうしよう……。

ぼくはチラリと打席《だせき》の曹操《そうそう》を見《み》る。

すると曹操《そうそう》は不敵《ふてき》なわらいをうかべて、ぼくを見《み》かえしてきた。

──今度《こんど》こそ、たぶんバントだろうな。

曹操《そうそう》、今日《きょう》はあたってないし、むこうとしては九回裏《かいうら》で一点《いってん》、負《ま》けている状況《じょうきょう》だ。変《へん》に打《う》ったらダブルプレーでチャンスをつぶす可能性《かのうせい》もある。

──それならバントして、方天画戟《ほうてんがげき》バットの呂布《りょふ》で勝負《しょうぶ》するのがあたり前《まえ》の作戦《さくせん》だ。

送《おく》りバントが成功《せいこう》したら、ワンアウト二、三塁《るい》で呂布《りょふ》にまわる。そうなってしまったら、たとえ外野《がいや》フライでも同点《どうてん》、ヒットなら逆転《ぎゃくてん》されてしまうだろう。呂布《りょふ》を敬遠《けいえん》したとしても、めちゃくちゃ慎重《しんちょう》で手《て》ごわい司馬懿《しばい》に、満塁《まんるい》でまわる。

いろいろな場合《ばあい》を考《かんが》えても、やっぱりここで曹操《そうそう》にバントはさせられない。インコースをうまく使《つか》って、バントしにくいピッチングをしないと……。むずかしいけど、やるしかない。

そう思《おも》って徳川家康《とくがわいえやす》とサインのこうかんをしていたら、

「フハハハハ。小僧《こぞう》よ。おまえの悪運《あくうん》もここまでのようだな」

バッターボックスにたった曹操《そうそう》が、そんなことをいってくる。

「……そういうことは、点《てん》をとってからいってよ」

「あせらずとも、いまからとってやる。さあこい！」

いって曹操《そうそう》はバットをたてるけど……。

いまから点《てん》をとる？　バントしないの？　ぼくは気《き》になって曹操《そうそう》のかまえを見《み》るけど、本人《ほんにん》がいうとおり、どうもバントする気《き》はないみたい。

――？

キャッチャーの徳川家康《とくがわいえやす》も、曹操《そうそう》を横目《よこめ》で見《み》て、うたがうような表情《ひょうじょう》をしている。どういうことだ？

ぼくはためしにアウトコースギリギリに球《たま》を投《な》げてみるけど、

「ストライク！」

と、曹操《そうそう》はバントのかまえすらせずに見逃《みのが》し。しかもその目《め》は打《う》ちにいこうと、ボールを選《えら》ぶ目《め》だった。

「……バント、しないの？」

ふしぎすぎて、おもわず曹操《そうそう》に聞《き》いてしまうぼく。すると曹操《そうそう》は、

「あん？　なんでバントなんか、しなくてはいかんのだ」

「だって、チャンスを大《おお》きくして呂布《りょふ》さんって、ふつうは考《かんが》えるよ。一点《いってん》リードされてる九回裏《かいうら》なのに」

「知《し》るか。あやつはあやつでかってにやる。それよりワシは、ここまでおさえられているおまえに、がまんができん」

曹操《そうそう》はそういって、目《め》をするどくした。そしてぼくは……、あまり理解《りかい》したくなかったものを、ここにきてようやく理解《りかい》する。

――ああ、このひとは、このチームは、こういうものなんだ……、と。たぶんさっき夏《か》侯惇《こうとん》がバントしなかったのも、同《おな》じ理由《りゆう》だろう。

ぼくは言葉《ことば》ではいいあらわせない、いやな気持《きも》ちになった。

信長《のぶなが》と曹操《そうそう》、似《に》ているようでどこかちがうと思《おも》っていたけど、きっとこういうところだと思《おも》う。

やっていることは似《に》ていても、でも中身《なかみ》はぜんぜんちがった。信長《のぶなが》はチームのことを考《かんが》える。曹操《そうそう》は自分《じぶん》のことを考《かんが》える。

だからファルコンズではチームプレーがきちんとできていて、ぼくにそれを教《おし》えてくれた。アンチヒーローズは呂布《りょふ》がひとりでいても、気《き》にするそぶりすらない。みんなのために、という気持《きも》ちが、ぜんぜんないんだ。

——なんてチームだろう。

これって、野球《やきゅう》といえるのか？　野球《やきゅう》はチームスポーツなのに。むかしのぼくですら、ここまでひどい個人《こじん》プレーはしていなかったはずだ。

それに呂布《りょふ》……。

ぼくはチラリと、ネクストバッターズサークルでかがむ彼《かれ》を見《み》る。

そこで呂布《りょふ》がうかべている顔《かお》は、やっぱりちょっとさびしそうに見《み》えた。

そして、その表情《ひょうじょう》はあたり前《まえ》のことだと思《おも》った。だってチームメイト、それもキャプテンにこんなことをされたんじゃ、誰《だれ》だってそうなってしまう。

こんなんじゃ、ますますひとりで野球《やきゅう》をするようになってもしょうがない。チームメイトをたよれないなら、孤独《こどく》に自分《じぶん》を信《しん》じるしかないんだから……。

そんなかわいそうなことって、他《ほか》にある？

野球《やきゅう》はもっとみんなで楽《たの》しく、そしてチームの中《なか》で責任《せきにん》を持《も》ってやるものだ。少《すく》なくともさっきの曹操《そうそう》の言葉《ことば》は、キャプテンがチームメイトにいうものじゃない。

どうして……。

自分《じぶん》の中《なか》に、許《ゆる》せない気持《きも》ちがむくむくとわいてくる。大切《たいせつ》なものをふみにじられたような、そんな気持《きも》ち。

ぼくがそう考《かんが》えながらボールをにぎりしめていると、曹操《そうそう》が口《くち》をひらいた。

「フン。しかし呂布《りょふ》もFA《エフエー》でとったわりにはファルコンズごときに点《てん》をとられるし、この試合《しあい》でクビにしてやるか。まあ、優勝《ゆうしょう》してから考《かんが》えることに……」

「だまってよ……」

ぼくはいかりをこめてつぶやく。

「なに？」

聞《き》きかえす曹操《そうそう》に、

「だまってっていったんだ！　呂布《りょふ》さんの悪口《わるぐち》は許《ゆる》さないぞ！」

ぼくは大《おお》きな声《こえ》で、いいかえした。そして曹操《そうそう》の返事《へんじ》をふりきるように、ボールをにぎって足《あし》をあげる。

「ほう。呂布《りょふ》の味方《みかた》のつもりか？　いっておくがあやつは、生《い》きていたときから……」

「ストライク！」

審判《しんぱん》の声《こえ》がひびく。それを聞《き》いて、いまいましそうな曹操《そうそう》の顔《かお》。

「プレイボールはかかってるよ。それともボールが見《み》えなかった？」

「……小僧《こぞう》……」

曹操《そうそう》の顔《かお》がいかりにもえる。

「調子《ちょうし》にのるな！　ワシはいつも逆境《ぎゃっきょう》をはねかえしてきたのだ！　この程度《ていど》のピンチなど、何度《なんど》も経験《けいけん》しておる！」

かまえをとる曹操《そうそう》に、

「なら、そうなるように、祈《いの》っておきなよ。でもチームで戦《たたか》えない相手《あいて》なんか……」

ぼくはそういって、また足《あし》をあげる。そして背中《せなか》から腕《うで》をまわすと右足《みぎあし》で地面《じめん》をけって、

「なにもこわくないっ！」

と、力《ちから》いっぱいのボールを投《な》げつけた。

それは、指《ゆび》にたしかな手応《てごた》えをのこした神風《かみかぜ》ライジングだった。気持《きも》ちをすべてぶつけた。そういえるボールだ。

「打《う》ちくだいてくれる！」

曹操《そうそう》はそういって、バットをスイングする。

でも、このひとだけには、負《ま》けたくない。負《ま》けちゃいけない！

——どうだ！

ぼくがそう思《おも》った、そのつぎの瞬間《しゅんかん》。ボールはパーンと音《おと》を鳴《な》らして、

「ストライク！　バッターアウト！」

審判《しんぱん》がコールをひびかせる。曹操《そうそう》のバットはボールからかけはなれたところでスイングされていて、それは神風《かみかぜ》ライジングのキレに、バットがまったくついていけてないことをしめしていた。

「くっそおお！　なぜだ！」

曹操《そうそう》が歯《は》をむきだしにして、バットを地面《じめん》にたたきつける。そしてそれに、

「曹操《そうそう》よ」

と、声《こえ》をかけたのはファーストの信長《のぶなが》だ。

「負《ま》けた理由《りゆう》がわからぬのなら、貴様《きさま》もあわれな人間《にんげん》よ」

「なんだと、信長《のぶなが》！　ワシをバカにするつもりか！」

「あわれんでやっておるのだ」

信長《のぶなが》はそういうと、ぼくを指《ゆび》さした。

「見《み》ておれ。虎太郎《こたろう》はこの回《かい》、かならず無失点《むしってん》できり抜《ぬ》け、勝利《しょうり》をものにするだろう。そこにチームで戦《たたか》う強《つよ》さがしめされる。貴様《きさま》も呂布同様《りょふどうよう》、それをおがんでおくがいい」

「なんだと！」

「負《ま》けがこわいか、曹操《そうそう》よ。それを学《まな》ぶのも、キャプテンの義務《ぎむ》だ」

「……ちっ！」

曹操《そうそう》はいまいましそうにいって、ぼくたちに背中《せなか》を見《み》せた。

「――……無失点《むしってん》だと？　ワシがアウトになったところで、まだワンアウト一、二塁《るい》だ。しかもつぎは呂布《りょふ》。とてもしのげるとは思《おも》えんな」

「曹操《そうそう》。都合《つごう》のいいときだけ味方《みかた》をあてにするのは、信頼《しんらい》しているとはいえん。ワシはずっとわがチームのメンバーを信頼《しんらい》しておる。だから勝《か》てると断言《だんげん》するのだ」

「……フン」

曹操《そうそう》はそういいのこすと、ベンチにさがっていった。そして呂布《りょふ》とすれちがうとき、ちらっとそちらを見《み》ていたけど、呂布《りょふ》はそれに視線《しせん》をかえしていなかった。大《おお》きな大《おお》きな方《ほう》天画戟《てんがげき》バットを地面《じめん》にたてて、ただこっちを見《み》つめていた。

——つぎは、あのひとか……。

いよいよ正念場《しょうねんば》だ。この試合《しあい》で最大《さいだい》の壁《かべ》といっていいと思《おも》う。

ここをのりこえることで、ぼくはチームプレーの強《つよ》さを呂布《りょふ》に見《み》せることができる。それはぼくがさっき失《うしな》った自信《じしん》をとりもどすことにもなるし、呂布《りょふ》を孤独《こどく》からすくうことにもなると思《おも》う。そう信《しん》じている。

——やってやるぞ。

ぼくはボールを見《み》つめ、ねんじるようにそう思《おも》った。

「虎太郎《こたろう》よ」

息《いき》をととのえていると、呂布《りょふ》が話《はな》しかけてきた。方天画戟《ほうてんがげき》バットを片手《かたて》にしている呂布《りょふ》は、『最強《さいきょう》の武将《ぶしょう》である』という説明《せつめい》を受《う》けなくてもそうとわかるくらい、とがった空気《くうき》につつまれていた。

「……なに？」

「いや、さっきは曹操《そうそう》のダンナに、よくタンカきれたもんだと思《おも》ってなあ。やるじゃねえか。見《み》なおしたぜ」

「ううん。それはまだこれからだよ」

「これから、だと？」

「うん。呂布《りょふ》さんがアウトになってから、もっと見《み》なおしてもらう」

「へっ。口《くち》のへらねえガキだ」

呂布《りょふ》はそういうと、うれしそうに口《くち》のはしをあげた。さっき、呂布《りょふ》をかばうようなことをぼくがいったから、ちょっとうれしいのかもしれない。それとも、こころのどこかでぼくに負《ま》けて、チームプレーを認《みと》めたいのか。

でもそのどちらか、または両方《りょうほう》だったとしても、やっぱり呂布《りょふ》はこころのどこかで仲間《なかま》をもとめている。ひとにいたわってもらってうれしいっていうのは、つまりそういうことだと思《おも》う。

「さあ、虎太郎《こたろう》。決着《けっちゃく》だ」

呂布《りょふ》の言葉《ことば》に、ぼくはうなずく。

状況《じょうきょう》は一点《いってん》リードでワンアウト一、二塁《るい》。おさえればファルコンズは勝《か》ちにグッと近《ちか》づくけど、でもワンヒットでも同点《どうてん》に追《お》いつかれてしまう。

この打席《だせき》がカギだ……。そう思《おも》っていると、

「いっとくが、同点《どうてん》なんてならねえよ」

呂布《りょふ》がいう。どうしてだろうって顔《かお》で問《と》いかけると、

「おれには、ホームランで逆転《ぎゃくてん》サヨナラの未来《みらい》しか見《み》えねえからな」

呂布《りょふ》はそういって、バットをたてた。そして腰《こし》をおとすと、ぐっと足《あし》に力《ちから》をいれる。

それは、巨人《きょじん》がこちらにおそいかかってくるようにも見《み》える迫力《はくりょく》のあるかまえだった。

それだけで強《つよ》さがわかるなにかがある。

「いいか。チームプレーなんてのは、弱《よわ》いヤツらが群《む》れるためにつくった言《い》い訳《わけ》みたいなもんだ。本当《ほんとう》に強《つよ》いヤツがひとりいればチームは勝《か》てる。そのことをいまから教《おし》えてや

る」

「……そんなこと、あるはずがない。ホームランだって打《う》たせないよ」

ぼくはこたえて、息《いき》をひとつついた。そして呂布《りょふ》をにらみつけるように見《み》つめて、自分《じぶん》の中《なか》の闘志《とうし》をあげていく。

すると意識《いしき》の中《なか》からはこうふんしたお客《きゃく》さんの声援《せいえん》が消《き》えていき、まわりにもひとはいなくなっていった。そしてそこにいるのは、打席《だせき》の呂布《りょふ》とマウンドのぼくだけになった。とてもふしぎな感覚《かんかく》だった。

——いまから、とうとうさいごの壁《かべ》に手《て》をかける。

たしかに呂布《りょふ》は強《つよ》い。パワーもスピードも、ぼくなんかとはくらべものにならない。呂布《りょふ》には、たったひとりだけで他《た》を圧倒《あっとう》できる、ほのおのようなすさまじいふんいきがある。そしてそれは、残念《ざんねん》ながらぼくにはないものだ。

そう。たしかにぼくにはそれがない。ただ、ぼくにはないものだけれど、でもぼくたちはそれを持《も》っていると信《しん》じたい。呂布《りょふ》を上《うわ》まわる、太陽《たいよう》のような大《おお》きな力《ちから》が。

キャンプのとき、ぼくはそれがわかっていなくて、呂布《りょふ》の力《ちから》に近《ちか》づこうとした。けれど、それはまちがいだと信長《のぶなが》に教《おし》えてもらった。

だから、ぼくはぼくだけの力《ちから》を手《て》にいれた。ここまでは打《う》たれてきたけど、ここからはちがう。あきらめてなんかいない。かならず勝《か》てる。ぼくにはチームメイトがついているんだから。


「ガツンといってやれよ！」

「虎太郎《こたろう》クンならできる！」

バックから、チームメイトたちの声《こえ》。さらに、

「いくでしゅ！　虎太郎《こたろう》！」

「おんしの全力《ぜんりょく》をぶつけるぜよ！」

バックネット裏《うら》からも、ライバルたちの声《こえ》が聞《き》こえてきた。それらはぼくの腕《うで》に、さらに力《ちから》をあたえてくれる気《き》がした。

――いくぞ。

ぼくはこころの中《なか》で覚悟《かくご》をかためると、ボールを持《も》つ手《て》を、ゆっくりとグラブの中《なか》にいれた。呂布《りょふ》はさっきぼくからホームランを打《う》った方天画戟《ほうてんがげき》バットをかまえたまま、じっとこちらを見《み》つめている。

「こころの準備《じゅんび》はできたか」

「うん。勝《か》つよ」

「抜《ぬ》かせ。最強《さいきょう》が誰《だれ》かわからせてやる。かかってこい」

「それはこっちのセリフだよ」

いうとぼくは片足《かたあし》をあげて一本足《いっぽんあし》でたち、キャッチャーミットを見《み》すえる。

やってやるぞ。――さいごの勝負《しょうぶ》だ！

ぼくは足《あし》をふみこむと左《ひだり》ひじをひき、右腕《みぎうで》をしならせる。そして、

「いっけえええええええ！」

そう叫《さけ》んで、指先《ゆびさき》からこんしんの神風《かみかぜ》ライジングを投《な》げた。

――もし打《う》たれても、バックが助《たす》けてくれる。

そう思《おも》えるからこそ投《な》げられた、思《おも》いきったボールだった。いいかえれば、ぼくなりの

強《つよ》さを詰《つ》めこんだボールだ。

「やるじゃねえか！」

呂布《りょふ》が大声《おおごえ》をだす。そして背中《せなか》をのけぞらせると、手《て》に持《も》つ方天画戟《ほうてんがげき》バットを、ど迫力《はくりょく》でスイングした。

でも、さっきまでのぼくと一緒《いっしょ》だと思《おも》って打《う》とうとしているんなら、それは大《おお》まちがいだ。

だってこんな球《たま》、投《な》げられないでしょ？　見《み》たことがないでしょ？

ぼくはこころの中《なか》で、呂布《りょふ》にそういった。

さっきは打《う》たれたけどこの神風《かみかぜ》ライジングは、よりするどく、より速《はや》く、よりまっすぐになっているはずだ。

どうだ、呂布《りょふ》！　ぼくの魂《たましい》をこめたこのボール、打《う》てるもんなら――。

キイン！

その音《おと》が聞《き》こえた瞬間《しゅんかん》、ぼくは自分《じぶん》の顔《かお》が青《あお》くなったのがわかった。

また、打《う》たれた？　あの球《たま》を？

でも、ボールが見《み》えない。まさか、もうぼくのうしろへ？

そんな……。ぼくはあわててふりかえろうとするけど、

――いや。

「ファール、ファール！」

審判《しんぱん》が両手《りょうて》をひろげる。そしてよく見《み》ると、キャッチャーである徳川家康《とくがわいえやす》のマスクがうしろにふっ飛《と》んで、審判《しんぱん》の横《よこ》にころがっていた。

バットにボールがあたったところがよく見《み》えていなかったけど、たぶん呂布《りょふ》の方天画戟《ほうてんがげき》バットは神風《かみかぜ》ライジングの下《した》をチップしただけ。バットがかすめたボールは、水面《すいめん》をはねる石《いし》のように真《ま》うしろへ弾《はず》み、徳川家康《とくがわいえやす》のキャッチャーマスクをはね飛《と》ばしてたんだ。

バットがボールの下《した》をくぐっていたということは、キレが呂布《りょふ》のスイングを上《うわ》まわったということ。これなら、ぼくの勝《か》ちだ！

「チッ！　さっきよりものびてやがる！」

呂布《りょふ》のくやしそうな顔《かお》も、それを物語《ものがた》っている。

ぼくはお腹《なか》にグッと力《ちから》をいれて、「よし！」と叫《さけ》びたい気分《きぶん》だった。これなら、呂布《りょふ》に

勝《か》てるぞ！　もっとするどいボールを、どんどん投《な》げていってやる！

呂布《りょふ》！　これで王手《おうて》だ！

そう思《おも》って手《て》をにぎっていると、

「家康《いえやす》っ！」

ぼくの左横《ひだりよこ》を、信長《のぶなが》がすごいスピードでかけ抜《ぬ》けた。

どうしたんだろうと思《おも》ってそのさきを見《み》ると、キャッチャーの徳川家康《とくがわいえやす》が座《すわ》ったまま、ゆっくり、ゆっくりと前《まえ》にたおれこんでいた。

「い、家康《いえやす》さんっ！」

ぼくもあわててかけよる。すると家康《いえやす》はその場《ば》でうずくまり、手《て》で胸《むね》のあたりを押《お》さえて苦《くる》しそうにしていた。

「ど、どうしたのっ？」

「く……。無念《むねん》じゃ。マスクを弾《はじ》いたボールが、胸《むね》に直撃《ちょくげき》した……」

徳川家康《とくがわいえやす》は苦《くる》しそうだ。

「……骨《ほね》か？」

信長《のぶなが》が重《おも》い口調《くちょう》で聞《き》くと、徳川家康《とくがわいえやす》は「そうかもしれない」という表情《ひょうじょう》で首《くび》をふり、信長《のぶなが》にこたえる。

「そんな……」

ぼくは小《ちい》さな声《こえ》で口《くち》にした。まさかこんな場面《ばめん》でケガをしてしまうなんて……。これじゃもう、試合《しあい》どころじゃない。すぐに手《て》あてしないと。

「――……無念《むねん》じゃが、しかたがない」

信長《のぶなが》はその場《ば》でたつと、審判《しんぱん》に声《こえ》をかける。

「紫鬼《むらさきおに》よ。見《み》てのとおり、キャッチャーが負傷《ふしょう》した。だが、我《われ》らの人数《にんずう》はギリギリじゃ。交替《こうたい》の選手《せんしゅ》がおらぬ。ここは試合《しあい》を棄権《きけん》……」

「ま、待《ま》ってくだされ、信長《のぶなが》どの……」

徳川家康《とくがわいえやす》もたちあがると、すがりつくように信長《のぶなが》の腕《うで》をつかんだ。

「ワシはまだいけますぞ……。このような大事《だいじ》な場面《ばめん》を、ワシのせいで……」

「ダメだ」

信長《のぶなが》はピシャリといった。

「ファルコンズのチームメイトたちは、ワシにとって宝《たから》もどうぜんじゃ。ここで無理《むり》をすれば、もしかするともう野球《やきゅう》ができなくなるかもしれん。そんなことは許《ゆる》さぬ」

「しかし、しかし……！」

家康《いえやす》はくやしそうだ。

でも、それはぼくだって同《おな》じ。きっと信長《のぶなが》や、他《ほか》のみんなも……。

うしろに目《め》をやると、みんなが心配《しんぱい》そうな目《め》で、こっちを見《み》つめていた。きっと徳川家《とくがわいえ》康《やす》のことも気《き》になるし、試合《しあい》の行方《ゆくえ》も、どうなるか気《き》にしているんだと思《おも》う。


——くやしい……。


徳川家康《とくがわいえやす》を責《せ》めるわけじゃない。だけど、それがしょうじきな感想《かんそう》だった。

頭《あたま》の中《なか》には、一回戦《いっかいせん》の呉《ご》レッドクリフターズとの試合《しあい》、二回戦《かいせん》の蜀《しょく》ファイブタイガースとの試合《しあい》、そして苦《くる》しかった赤壁《せきへき》キャンプの映像《えいぞう》が、一気《いっき》にかけ抜《ぬ》けていった。すべては今日《きょう》、この日《ひ》のためにあったのに……。

このままじゃ、呂布《りょふ》も孤独《こどく》の中《なか》から助《たす》けられない。ぼくだって、こんしんの球《たま》をホームランにされて、失《うしな》った自信《じしん》をそのままにしてしまう。それも、こんなかたちで……。

そんなのは、絶対《ぜったい》にいやだけど……。

でも、徳川家康《とくがわいえやす》の選手生命《せんしゅせいめい》には代《か》えられない。このひとに責任《せきにん》があるわけじゃないし……。

――クソッ！

ぼくは痛《いた》くなるほど手《て》をにぎった。どうしようもなくくやしかった。くやしくてくやしくて、また、なみだがあふれそうになってしまう。

「信長《のぶなが》どの。おねがいじゃ。ワシよりも試合《しあい》を優先《ゆうせん》してくだされ」

まだ食《く》いさがる徳川家康《とくがわいえやす》に、

「それは聞《き》けぬ。キャッチャーというポジションは、他《ほか》にくらべてしんどい場所《ばしょ》じゃ。たっているだけなら、いざ知《し》らず……」

信長《のぶなが》がいいきかせるようにいうけど……。

――たっているだけ？

暗《くら》くなっていたぼくの頭《あたま》の中《なか》に、パッと光《ひか》るようにひとつのアイディアがうかんだ。

たっているだけのポジションなんてあるはずがないけど、でも、キャッチャー以外《いがい》の守《しゅ》備《び》は、打球《だきゅう》が飛《と》んだ位置《いち》によって動《うご》かなくていいことがある。内野《ないや》はカバーがあっていそがしいけど、あそこなら……。

「……ねえ、家康《いえやす》さん」

「な、なんじゃ、虎太郎《こたろう》クン」

家康《いえやす》は痛《いた》そうに胸《むね》を押《お》さえているけど……、でも、その場《ば》にはたつことはできている。

「この回《かい》が終《お》わるまで、たつだけならだいじょうぶ？　それもキツい？」

「い、いや。たつだけなら……。でも、なんじゃ？」

「そうだ。いったいなにをする気《き》じゃ、虎太郎《こたろう》」

そう聞《き》いてくる信長《のぶなが》に、ぼくは自分《じぶん》の考《かんが》えを話《はな》した。

※

「だ、だいじょうぶかのう、これ」

秀吉《ひでよし》の自信《じしん》のなさそうな声《こえ》に、

「うん。似合《にあ》ってるよ」

ぼくはそうこたえる。

「そういう問題《もんだい》じゃなくてじゃな……」

いってから秀吉《ひでよし》は「はあ」と弱気《よわき》なため息《いき》をついて、あきらめたようにぼくのグラブにボールをいれた。そしてこちらをじっと見《み》あげる。

「……本気《ほんき》なんじゃやな？」

「もちろんだよ。秀吉《ひでよし》さんだからたのんだんだ」

「——まったく……。終《お》わったらバナナ三本《ぼん》じゃからな」

秀吉《ひでよし》はそういうと、しょうがないって感《かん》じで、肩《かた》をコキコキ鳴《な》らしてわらった。

いま、ぼくと秀吉《ひでよし》は投球練習《とうきゅうれんしゅう》を終《お》えて、マウンドで話《はな》している。そして秀吉《ひでよし》の体《からだ》にはキャッチャーの防具一式《ぼうぐいっしき》がつけられていて、徳川家康《とくがわいえやす》はというと、ライトの守備位置《しゅびいち》でたよりなげにフラフラとたっていた。

そう。ぼくはライトの秀吉《ひでよし》とキャッチャー徳川家康《とくがわいえやす》の守備《しゅび》を、交替《こうたい》してもらったのだ。

ライトなら、ボールが飛《と》ばないかぎり動《うご》かなくていい。もしそこに飛《と》ばされたら、もう負《ま》けだと思《おも》ってあきらめもつく。それに徳川家康《とくがわいえやす》以外《いがい》にキャッチャーをしてもらうなら、ぼくにとって、このひと以外《いがい》に考《かんが》えられない。

マウンドでそう思《おも》っていると、

「――して、どうじゃった、秀吉《ひでよし》のキャッチングは」

信長《のぶなが》がぼくと秀吉《ひでよし》の間《あいだ》にたち、まじめな顔《かお》で聞《き》いてきた。

「うん、いい感《かん》じだった。さすがに家康《いえやす》さんみたいにはいかないけど」

「それはしょうがあるまい。しかし……。どうして秀吉《ひでよし》なのだ。他《ほか》にも選手《せんしゅ》はいるが」

「ううん。秀吉《ひでよし》さんじゃなきゃダメなんだ」

ぼくはふたりを目《め》の前《まえ》にしていった。

なぜなら秀吉《ひでよし》はキャンプでぼくと一緒《いっしょ》に特訓《とっくん》して、ときにはアドバイスもくれたり、きびしい孔明《こうめい》からもかばったりしてくれていた。さっきだって弱気《よわき》になったぼくに声《こえ》をかけて、はげましてくれた。

苦《くる》しいとき、ずっとぼくと一緒《いっしょ》にいてくれて、秀吉《ひでよし》はもうぼくにとってはお兄《にい》さんのような存在《そんざい》になっている。徳川家康《とくがわいえやす》以外《いがい》に、ぼくがこころから信頼《しんらい》してボールを投《な》げられるのは秀吉《ひでよし》しかいない。

てれくさいから口《くち》にはださないけど、本当《ほんとう》にそう思《おも》っている。それにぼくの球《たま》をずっとそばで見《み》てくれていたから、きっとそれはキャッチングにもいかせるはず。

「まあ、よい。キャプテンは貴様《きさま》だ。だが……」

信長《のぶなが》はライトの徳川家康《とくがわいえやす》を見《み》た。やっぱり、ちょっとフラついていてたよりない。

「わかっておるな。時間《じかん》はないぞ。延長《えんちょう》になれば家康《いえやす》のことを考《かんが》え、試合《しあい》は棄権《きけん》する」

「うん」

「なら、いい。そしてさいごにこれだけはいっておく」

「？　なに？」

「貴様《きさま》にあって、呂布《りょふ》にはないもの。わかるか？」

「ぼくにあって？」

なんだろう？　パワー？　スピード？　いや、そんなもの、ぼくが呂布《りょふ》を上《うわ》まわっているわけがない。じゃあ、なに？　わからない。

ぼくは信長《のぶなが》に、表情《ひょうじょう》で「降参《こうさん》」といった。すると信長《のぶなが》は少《すこ》しわらって、

「それは、勇気《ゆうき》だ」

と、いった。

「勇気《ゆうき》……」

「そうだ。むかし、ワシは貴様《きさま》にいったはずだ。仲間《なかま》を信《しん》じるのは勇気《ゆうき》がいると。いまの貴様《きさま》はどうだ？　まだ信《しん》じられていないか？」

「そ、そんなことないよ！」

「だろう？」

信長《のぶなが》はぼくの肩《かた》に手《て》をおく。

「しかし呂布《りょふ》は、仲間《なかま》を信《しん》じられておらん。それならどちらの勇気《ゆうき》が勝《まさ》るか、いわずともわかるだろう」

「ぼくが、呂布《りょふ》さんに……」

「そうだ。いいか。さいごは勇気《ゆうき》が勝敗《しょうはい》をわける。覚《おぼ》えておけ」

「――うん」

ぼくがこたえると、信長《のぶなが》はまじめな顔《かお》をしたまま、ファーストに帰《かえ》っていった。すると
それを見《み》て秀吉《ひでよし》が、

「虎太郎《こたろう》。ワシからもいっておくことがある」

と、話《はな》しかけてくる。

「なに？」

「いいか。ワシは家康《いえやす》どののように、ボールをうまくキャッチすることはできん」

「……うん。わかってる」

「じゃが、全力《ぜんりょく》で投《な》げてこい。死《し》ぬ気《き》で受《う》けとめてやるから」

「もう死《し》んでるけどね」

ぼくはそうこたえて、

「ついでだから、ぼくもいっておくよ」

話《はなし》をつづけた。

「なんじゃ」

「あのさ……。あの……」

ぼくはここで言葉《ことば》を区切《くぎ》って、秀吉《ひでよし》から目《め》をそらした。

「——キャンプでは助《たす》けてくれて、ありがとう」

「なんじゃい、いまさら」

「ずっといいたかったんだ。すごくうれしかったから」

「——まったく……。終《お》わったらバナナ三本《ぼん》じゃからな、わすれるなよ。こう、美《うつく》しいゆるやかな曲線《きょくせん》の、きれいなバナナを……」

「はいはい」

ぼくがわらっていうと、秀吉《ひでよし》は顔《かお》を赤《あか》くして守備位置《しゅびいち》にもどっていった。てれるとサルそっくりになるのは、ちょっと損《そん》だなあと思《おも》った。

「さあ、準備《じゅんび》はできたかよ、虎太郎《こたろう》」

秀吉《ひでよし》が腰《こし》をおろすと、こっちの様子《ようす》を見守《みまも》っていた呂布《りょふ》が、打席《だせき》から声《こえ》をかけてくる。

「――うん。そっちも覚悟《かくご》はいい？」

「抜《ぬ》かせ。まあ、あんな試合《しあい》の終《お》わりかたじゃ、勝《か》っても気分《きぶん》が悪《わる》いからな。これでよかったんだ。さあ、さっさと投《な》げてこい。さっきのボールも、もうおれには通用《つうよう》しないことを見《み》せてやるぜ」

「――もう打《う》たせない。かすらせもしないよ」

ぼくはこころの中《なか》で気持《きも》ちをきりかえて、スイッチをいれる。

さっきの神風《かみかぜ》ライジングのキレは、呂布《りょふ》のスイングを上《うわ》まわった。今回《こんかい》のキャッチャーは秀吉《ひでよし》だけど、それは関係《かんけい》ない。思《おも》いっきり投《な》げこむし、とってくれると信《しん》じている。受《う》けてくれるのが秀吉《ひでよし》だから、そう思《おも》うことができる。

「――じゃあ、いくよ」

ぼくは宣言《せんげん》するようにそういって、投球《とうきゅう》フォームにうつる。

まず左足《ひだりあし》をあげて、右腕《みぎうで》をうしろにひいた。そして胸《むね》のあたりから腕《うで》にかけて、ゆっくりと力《ちから》をこめていく。そしてあげた左足を前にふみこませた。

その動作《どうさ》のひとつひとつが、ピッチングの流《なが》れにそって動《うご》いていく。何度《なんど》も何度《なんど》も練習《れんしゅう》して、そしてキャンプで完成《かんせい》させた投球動作《とうきゅうどうさ》だ。

それはこの試合《しあい》で、よりパワーアップしている。自分《じぶん》でわかる。

さあ、呂布《りょふ》。勝負《しょうぶ》だ！

さっきよりものびる球《たま》を、ストライクゾーンに投《な》げこんでやる！

「どうだあっ！」

ぼくは腕《うで》をふりおろし、球《たま》をリリースした。

それはさっきと同《おな》じかそれ以上《いじょう》に、キレのある神風《かみかぜ》ライジングだ。

——これでツーストライク！

ぼくがそれを確信《かくしん》した、つぎの瞬間《しゅんかん》！

「あまい！」

呂布《りょふ》が豪快《ごうかい》にバットをスイングする。するとボールはバットに弾《はじ》かれ、一塁線《るいせん》を割《わ》るファールになった。

「ちっ。あと少《すこ》し」

呂布《りょふ》が鼻《はな》を鳴《な》らしていうけど……。

——でも、どうしてあてられた……？　さっきは空《から》ぶりがとれたのに。

「ふしぎそうだな、虎太郎《こたろう》」

呂布《りょふ》が打席《だせき》にたって、にやりとわらった。

「あてられたのは簡単《かんたん》な理由《りゆう》だ。急造《きゅうぞう》キャッチャー相手《あいて》に、ストライクゾーン以外《いがい》に投《な》げるわけがねえ。おまえだって、おれがストライクゾーンしか投《な》げねえのを、ねらい打《う》ちしただろうが。それに、どうせサインもきめてねえだろうしな」

「……くっ」

それは、呂布《りょふ》のいうとおりだった。

いくらなんでも、さっきキャッチャーになった秀吉《ひでよし》とは、まだサインまできめていない。

球《たま》だって、むずかしいものはまだとれないだろう。神風《かみかぜ》ライジングはバッターの目《め》をまどわすけど、それはキャッチャーも同《おな》じ。

呂布《りょふ》は、たぶん本能的《ほんのうてき》にこれを見抜《みぬ》いた。やっぱり最強《さいきょう》の戦士《せんし》。こういうところにもスキがない……。

「さあ、いまのファールでコツはつかんだ。つぎはいよいよ……」

呂布《りょふ》は方天画戟《ほうてんがげき》バットをかまえて、腰《こし》をしずませる。

「逆転《ぎゃくてん》ホームランだ」

——くそっ！

このままじゃ、きっと本当《ほんとう》にホームランを打《う》たれてしまう。この試合《しあい》、何度《なんど》も呂布《りょふ》と対《たい》戦《せん》したぼくだからわかる。あれはハッタリじゃない。

だけど、どうする？

秀吉《ひでよし》がとれるのは、たぶん真《ま》ん中《なか》のボールだけだと思《おも》う。それも秀吉《ひでよし》がとるんじゃなくて、そこにかまえられたミットに、ぼくが思《おも》いっきり投《な》げてボールをいれる、そんなイメージ。

だからぼくがボールゾーンに投《な》げて、秀吉《ひでよし》がミットを動《うご》かしてそれをとる、というのは、たぶんむずかしい。できるかもしれないけど、いま、それをためすのはすごく危険《きけん》だ。

と、なると、投《な》げられるのは真《ま》ん中《なか》への神風《かみかぜ》ライジングだけ。

でも、それじゃ呂布《りょふ》のひとふりでスタンドまで持《も》っていかれてしまう。

なにか、手《て》は……。どうしたらいい？　危険《きけん》を覚悟《かくご》で、ボールゾーンをためしてみようか？　しかし、失敗《しっぱい》したときのことを考《かんが》えると……。

考《かんが》えても、いいアイディアはうかばない。

でも、どうしてもここでは負《ま》けたくない……。ぼくの、呂布《りょふ》の、秀吉《ひでよし》の、徳川家康《とくがわいえやす》の、信長《のぶなが》の、みんなのために、負《ま》けるわけにはいかないのに……。

だけど……。

歯《は》を食《く》いしばる。自分《じぶん》の顔《かお》が、ゆがんでいるのがわかった。

――どうしようもない。

もしかしたらいまの状態《じょうたい》を、そう呼《よ》ぶのかもしれない。

もう、無理《むり》なのか……。くそっ！　くそっ！

あきらめのような感情《かんじょう》が胸《むね》をよぎったとき――。

「そうだ、虎太郎《こたろう》っ！」

秀吉《ひでよし》がキャッチャーボックスから、ぼくを呼《よ》ぶ。顔《かお》をあげて見《み》てみると、その顔《かお》には自《じ》信《しん》のようなものがあり、なんだかとてもたのもしく見《み》えた。

――もしかして、なにかアイディアが？　期待《きたい》をふくらませると、

「バナナをよこせいっ！」


と、秀吉《ひでよし》の口《くち》からはとんでもない言葉《ことば》が発射《はっしゃ》される。

「ちょ、ちょっと秀吉《ひでよし》さん、試合中《しあいちゅう》だよ！　ほしかったら、あとでウッキーって鳴《な》いたらごほうびに……」

混乱《こんらん》して、ぼくのこたえまでおかしくなる。耳《みみ》をすませると、観客《かんきゃく》からもクスクスわらう声《こえ》が聞《き》こえてきた。

とても恥《は》ずかしくて、こっちの顔《かお》が真《ま》っ赤《か》になってしまう。しかも秀吉《ひでよし》はキリッとした顔《かお》で前《まえ》にたっていて、どうしてこんな場面《ばめん》であんなことを大《おお》まじめにいえるのか、ぼくにはさっぱり……。

——バナナ？

そういえば秀吉《ひでよし》がむこうへいく前《まえ》に……。

そうか、そういうことか……。

なるほど、これならいける、バナナだ！

「わかった、秀吉《ひでよし》さん！　バナナをあげる！」

ぼくがこたえると、打席《だせき》の呂布《りょふ》が、

「フハハハハッ！」

と、大《おお》きな声《こえ》でわらった。

「とうとうおかしくなったか、ファルコンズバッテリー。まあ、勝《か》ち目《め》がなきゃ、そうなるよな。安心《あんしん》しろよ。一撃《いちげき》できめてやるから」

呂布《りょふ》はバットを持《も》つ手《て》に力《ちから》をこめる。——やっぱりわかっちゃいない。

それにくらべて、

「わかったぞ、虎太郎《こたろう》！　どんな打球《だきゅう》もとってやる！」

「おう！　だいじょうぶじゃ！」

バックからもたのもしい声《こえ》。うしろは、きっと理解《りかい》したんだ。あの意味《いみ》を。

たしかにそれをぼくが投《な》げるのは、勇気《ゆうき》がいることだ。でもそれだけは、呂布《りょふ》に負《ま》けられない。

——さいごは勇気《ゆうき》が勝敗《しょうはい》をわける。

信長《のぶなが》のいったとおりだ。それだけは呂布《りょふ》に負《ま》けないぞ、絶対《ぜったい》に！

「いくぞ！」

ぼくは指先《ゆびさき》を気《き》にしながら、足《あし》をふみこませる。

投球動作《とうきゅうどうさ》は、さっきまでと同《おな》じ。ただし、コントロールには気《き》をつけて。

「さあ、こい！　おまえの神風《かみかぜ》ライジング、スタジアムのむこうまで飛《と》ばしてやる！」

呂布《りょふ》も全身《ぜんしん》に力《ちから》をいれた。——でも。

それが命《いのち》とりだ！

「——いくよっ……！」

ぼくは全身《ぜんしん》の動《うご》きに気《き》をつけながら、背中《せなか》から腕《うで》をまわす。そして右足《みぎあし》を使《つか》いマウンドをキックして勢《いきお》いをつけると、

「これが、ぼくの勇気《ゆうき》だあっ！」

と、腕《うで》を思《おも》いっきりふりきった。

「な……！」

瞬間《しゅんかん》、呂布《りょふ》の目《め》が点《てん》になる。

どう？　予想《よそう》もしていなかったでしょ、このボールは。

キャンプで信長《のぶなが》はいっていた。強《つよ》さをジャンケンにたとえ、誰《だれ》にも負《ま》けない最強《さいきょう》はないと。だから、

「呂布《りょふ》さんがグーなら、ぼくはパーをだすっ！」

「くうっ！」

呂布《りょふ》は必死《ひっし》に体《からだ》をのこし、スイングを修正《しゅうせい》するけど、もうおそい。

ぼくが呂布《りょふ》に投《な》げたのは、神風《かみかぜ》ライジングではなくてカーブだ。真《ま》ん中《なか》へコントロールして、ていねいにていねいに投《な》げた、ぼくのとくいなボール。

秀吉《ひでよし》がいっていた『バナナ』は、カーブという意味《いみ》。勝負《しょうぶ》がはじまる前《まえ》にいっていた、『ゆるやかな曲線《きょくせん》』っていうのを、秀吉《ひでよし》は機転《きてん》をきかせてぼくたちの暗号《あんごう》にしたんだ。

だから、神風《かみかぜ》ライジングだと思《おも》って待《ま》っていた呂布《りょふ》はたまらない。タイミングを完全《かんぜん》にくるわされて、

カツッ

と、体《からだ》をおよがせながら、かろうじてバットにあわせただけ。あてたのはさすがだけど、それはコロコロとたよりなく三遊間《さんゆうかん》にころがっていった。ねらいどおりの内野《ないや》ゴロ！

勝負《しょうぶ》はついた。ぼくの、ぼくたちの勝《か》ちだ！　と、思《おも》ったそのとき！

「まだだ！　ゆだんするな！」

秀吉《ひでよし》の声《こえ》。どうしたんだろうと思《おも》って打球《だきゅう》を見《み》ると、

「あっ！」

ぼくもおもわず口《くち》にする。

なぜなら呂布《りょふ》が打《う》ったあたりはボテボテの内野《ないや》ゴロだったけど、ころがった場所《ばしょ》が悪《わる》い。

ショートとサードのちょうど間《あいだ》くらいで、このままだったら外野《がいや》に抜《ぬ》けてしまう！

「よーし！　まだ負《ま》けちゃいねえ！」

大《おお》きな体《からだ》をゆらして、呂布《りょふ》がはしる。スピードもかなりのものだ。

マズいぞ。このまま打球《だきゅう》が外野《がいや》に抜《ぬ》けたら、二塁《るい》ランナーはもしかすると一気《いっき》にホームへ……。

そう思《おも》っていると、

「エリアドラゴン！」

サードの伊達政宗《だてまさむね》が地面《じめん》をけり、まるで竜《りゅう》を思《おも》わせるような横《よこ》っ飛《と》びで、ボールに腕《うで》をのばす。ボールとグラブの間《あいだ》には無理《むり》だと思《おも》うような距離《きょり》があったけど、

「うおおおお！」

伊達政宗《だてまさむね》は必死《ひっし》の形相《ぎょうそう》だ。見《み》ていると、つきだしたグラブは、竜《りゅう》が獲物《えもの》にかみつくようにのび、グッとするどくボールをつかみとった。

「すごい！　伊達政宗《だてまさむね》さん」

おもわず声《こえ》がでる。あれはキャンプで、信長《のぶなが》の千本《せんぼん》ノックを受《う》けてマスターしていた、あたらしい守備法《しゅびほう》だ！

「わたしの守備範囲《しゅびはんい》への打球《だきゅう》は、けっして逃《のが》さない！」

伊達政宗《だてまさむね》はいいながらすばやくたちあがると、まず二塁《るい》に送球《そうきゅう》。

そして「アウト！」と、まずは一塁《るい》ランナーの夏侯惇《かこうとん》をアウトにした。けど、夏侯惇《かこうとん》は苦《くる》しまぎれに、真田幸村《さなだゆきむら》の足《あし》をねらって勢《いきお》いよくスライディングをしてくる。

すると真田幸村《さなだゆきむら》は、

「それがしにはつうじん！　これでとどめでござるっ！」

と、ジャンプしてかわすと空中《くうちゅう》で体《からだ》をひねり、ボールを一塁《るい》に送《おく》った。

「ちっくしょおお！」

呂布《りょふ》はなんとかセーフになろうと、まるで弾丸《だんがん》のようにダッシュする。それには岩《いわ》が坂《さか》道《みち》をころがりおりるような迫力《はくりょく》があったけど、でも、一塁《るい》の信長《のぶなが》は冷静《れいせい》だ。

「呂布《りょふ》よ。敗北《はいぼく》から学《まな》ぶがいい」

そういって信長《のぶなが》は片手《かたて》でミットをつきだし、ボールを受《う》けとった。そしてそれと同時《どうじ》に一塁《るい》ベースをかけ抜《ぬ》ける呂布《りょふ》。タイミングはびみょうだけど、ぼくにはわかっていた。

これで、終《お》わりだ。

もしも曹操《そうそう》や夏侯惇《かこうとん》がチームプレーをきちんとしていて、呂布《りょふ》の前《まえ》で送《おく》りバントをしていたら、試合《しあい》はどうなっていたかわからない。

ぼくたちは審判《しんぱん》をじっと見《み》つめる。するとその腕《うで》はたてにふりおろされて、

「アウトォ！」

という絶叫《ぜっきょう》をひびかせた。これで、ダブルプレーの完成《かんせい》だ！　みんなでとった、ふたつのアウト！　チームプレーの勝《か》ちだ！

「よっしゃあ！」

「やった！」

ぼくたちが片手《かたて》をつきあげてよろこびをぼくはつさせていると、審判《しんぱん》の大《おお》きな声《こえ》はつづ

く。そしてそれは、ぼくたちが待《ま》ちにまったコールだった。

「ゲームセット！」

5章《しょう》 決着《けっちゃく》！三国志《さんごく》《し》トーナメント

	1	2	3	4	5	6	7	8	9	計	H	E
桶狭間	0	0	0	0	0	0	2	0	1	3	4	0
魏	0	0	0	0	0	0	2	0	0	2	12	0

OKEHAZAMA Falcons

1	前田	慶次	左
2	毛利	元就	遊
3	伊達	政宗	三
4	織田	信長	一
5	真田	幸村	二
6	本多	忠勝	中
7	徳川	家康	捕
8	豊臣	秀吉	右
9	山田虎太郎		投

B
S
O

UMPIRE

CH	1B	2B	3B
紫	白	黒	桃
鬼	鬼	鬼	鬼

魏 Anti HEROES

1	楽進	文謙	遊
2	夏侯惇	元譲	三
3	曹操	孟徳	捕
4	呂布	奉先	投
5	司馬懿	仲達	右
6	許褚	仲康	一
7	張遼	文遠	左
8	賈詡	文和	中
9	荀攸	公達	二

0××年(鬼暦五十八年)7月2日　土曜日

チーム一丸の勝利

OKEHAZAMA Falcons

桶狭間ファルコンズ優勝!!

実力差をくつがえした一丸のチームプレー!!

桶狭間 3－2 魏

この赤壁に奇跡が起こったの
…る。一度目はいわ
ずと知れた約千八百年前、劉備
孫権連合軍が曹操軍を破ったと
き。そして桶狭間ファルコンズ
が魏アンチヒーローズを撃破し
た今回が二度目だ。戦いは苦し
いものだった。桶狭間は試合直
前にキャプテンを投手の山田に
変更。くわしい理由は明かされ
ていないが、なんらかの呂布対
策と見られ、これが功を奏すこ
とになる。山田は呂布の剛速球
の対策として六回までの攻撃を
様子見にてっした。そして…
から攻撃をしかけると、真…
新バットが火をふき二点を
とる。しかし魏もだまって…
らずその裏、山田のこん…
ボールを呂布が特大ホー…
試合をふりだしにもどす…
し、ここから桶狭間が本…
揮。九回に打線が主砲…
と、織田は期待にこた…
ムラン。勝ち越しに成…

地 獄 新 聞

第3種郵便物認可

優勝旗をかかげる主将・織田

◇赤壁スタジアム　55,000人

決勝戦

桶狭間	000 000 201	3
魏	000 000 200	2

勝山田
敗呂布
本呂布①　織田①

桶狭間は同点でむかえた9回表に織田が勝ち越しホームラン。魏はその裏、逆転のチャンスで呂布にまわったが、好機をいかせずにダブルプレー。からくもファルコンズが逃げきった。

桶狭間	打	安	点	本	率
(左)前田慶次	4	1	0		.250
(遊)毛利元就	3	0	0		.000
(三)伊達政宗	4	0	0		.000
(一)織田信長	4	2	1	①	.500
(二)真田幸村	4	1	2		.250
(中)本多忠勝	3	0	0		.000
(捕)徳川家康	2	0	0		.000
(右)豊臣秀吉	3	0	0		.000
(投)山田虎太郎	3	0	0		.000

魏	打	安	点	本	率
(遊)楽進文謙	4	1	0		.250
(三)夏侯惇元譲	5	1	0		.200
(捕)曹操孟徳	4	0	0		.000
(投)呂布奉先	5	4	2	①	.800
(右)司馬懿仲達	3	0	0		.000
(一)許褚仲康	4	1	0		.250
(左)張遼文遠	4	2	0		.500
(中)賈詡文和	4	1	0		.250
(二)荀攸公達	4	2	0		.500

投手	回	打	安	振	球	責
			12	13	3	2

2打点をはなった

○真田幸村（桶）

7回表の好機に勝敗をわける2打点。「いや、もう必死でござった。バットに体吸われて……」こうふんぎみのため少し言おかしいのもご愛敬か。

トーナメントを投げ抜いた

○山田虎太郎（桶）

9回裏に捕手が負傷のアクシデント。「あれはたしかに痛かったですが、秀吉助けてくれました。あとでバナナをあげ

優勝候補No.1がまさかの敗退

●曹操孟徳（魏）

下馬評では優位も惜敗。「日本勢に優勝をさらわれたのは屈辱し問題点はわかっている」と最後までずさなかった。

曹操
ーに打ちとり、地獄
ナメント優勝を手に
門家はいう。「魏は
ンスを個人プレー
うとして、相手の
にはばまれた。桶
く逆。チームプ
試合だ」また、試
力的におとると

「これで勝《か》ったと思《おも》わぬことだ」

試合《しあい》のあと、曹操《そうそう》が不機嫌《ふきげん》そうにいった。

もう時間《じかん》もおそく、空《そら》では星《ほし》がきらめいている。

あれだけこうふんして歓声《かんせい》をあげていたお客《きゃく》さんも、いまはもういない。しずかなスタジアムのフィールドには、試合終了《しあいしゅうりょう》のあいさつを終《お》えたファルコンズとアンチヒーローズだけが整列《せいれつ》して、たがいにむきあうかたちでのこっていた。

「もちろん、終《お》わりとは思《おも》わないよ。でもこのままだと、またぼくたちが勝《か》っちゃう。自《じ》信《しん》ある」

ぼくがいうと、

「うるさいわ」

列《れつ》の先頭《せんとう》で曹操《そうそう》はいまいましそうにいって、クルッと顔《かお》を横《よこ》にむけた。

「者《もの》ども！　今日《きょう》の負《ま》けをわすれるな！　魏《ぎ》に帰《かえ》ったら連係《れんけい》プレーの特訓《とっくん》じゃ！　送《おく》りバントを徹底的《てっていてき》に練習《れんしゅう》するぞ！」

『おうっ！』

アンチヒーローズは、そろって返事《へんじ》をする。それはとてもいさましくて、相手《あいて》もこの試合《しあい》でなにかを身《み》につけられたのだとしたら、とてもうれしい。

ぼくがそう思《おも》っていると、

「呂布《りょふ》よ」

曹操《そうそう》が、一番《いちばん》はしっこで列《れつ》からはずれ、ポツンとたっている呂布《りょふ》に声《こえ》をかけた。

「おまえも、もう円陣《えんじん》を抜《ぬ》けることは許《ゆる》さぬ。これからはチームの一員《いちいん》として野球《やきゅう》にはげめ。練習《れんしゅう》するプレーは、もちろんおまえをふくめたものだ。今日《きょう》の試合《しあい》を見《み》てわかった。おまえが仲間《なかま》になれば魏《ぎ》は、より強《つよ》くなる」

「ちっ……。しょ、しょうがねえな……」

曹操《そうそう》の言葉《ことば》を聞《き》くと、呂布《りょふ》はしかたなさそうな表情《ひょうじょう》をつくって、自分《じぶん》から列《れつ》にならんだ。

でも、ぼくにはそれが、どことなくうれしそうな顔《かお》にも見《み》えて、なんだかこっちまで楽《たの》しくなる。

「あ、そうだ、虎太郎《こたろう》」

呂布《りょふ》は思《おも》いだしたように、ぼくを見《み》た。

「どしたの？」

「い、いや……」

呂布《りょふ》はてれくさそうに、ほっぺたを指《ゆび》でポリポリかいて、

「あのよ……。見《み》なおしたぜ。その、チ、、、ームプ、、レー」

そういった。そして、ちょっと顔《かお》を赤《あか》くする。

「そう。よかった」

ぼくは呂布《りょふ》のその様子《ようす》に胸《むね》を弾《はず》ませて、ほほえみかけた。

「じゃあ、呂布《りょふ》さん。いいこと教《おし》えてあげるよ」

「ん？　なんだ？」

「たぶん仲間《なかま》を信頼《しんらい》できたらさ、それは自分《じぶん》の中《なか》からあたらしい力《ちから》を生《う》むと思《おも》うんだ。ぼくもキャンプで、孔明《こうめい》さんや信長《のぶなが》さんや、他《ほか》のみんなのことを信頼《しんらい》できたから、きびしい特訓《とっくん》にもたえられた。だから、呂布《りょふ》さんもまだまだ強《つよ》くなれるよ」

「本当《ほんとう》か？」

「うん」

OKEHAZAMA
Falcons

ぼくが返事《へんじ》をしたところで、

「強《つよ》くなった貴様《きさま》と、また試合《しあい》がしたいものだ」

信長《のぶなが》が曹操《そうそう》とのあくしゅを終《お》えて、そう口《くち》にした。

「よいか、呂布《りょふ》。強《つよ》いということは、けっして負《ま》けずに道《みち》を歩《あゆ》むということではない。成《せい》長《ちょう》をつづけられることをいうのだ」

「成長《せいちょう》だと？」

呂布《りょふ》が聞《き》きかえす。

「そうだ。いいか。いまから信頼《しんらい》をきずくのも苦労《くろう》するだろう。仲間《なかま》を信《しん》じるのはこわいかもしれぬ。しかしな」

信長《のぶなが》はそういうと、こぶしをぐっとにぎって呂布《りょふ》に見《み》せた。

「臆病《おくびょう》なこころなど、ぶちこわしてしまえ！」

※

ぼくたちは翌朝《よくあさ》、燃料《ねんりょう》をいれた船《ふね》にのりこんだ。

もちろん燃料《ねんりょう》は、優勝《ゆうしょう》した賞金《しょうきん》で買《か》ったもの。これでどうどうと日本《にほん》へ帰《かえ》れる。

「やっとじゃのう」

船《ふね》のデッキにたって、秀吉《ひでよし》がいう。

「うん。長《なが》かったけど、楽《たの》しかった。それに……」

「それに？」

今度《こんど》はヒカルが聞《き》きかえしてきた。

「うん。ぼく、このトーナメントでいくつもの壁《かべ》をのりこえられた気《き》がする。成長《せいちょう》できたと思《おも》うんだ」

「あたしも、そう思《おも》うよっ」

ヒカルはうなずくと、

「だってトーナメントがはじまる前《まえ》より、カッコいいもん、虎太郎《こたろう》クン」

そういって目《め》を細《ほそ》めた。ぼくはなんだかてれくさくなって、視線《しせん》をそらすように船《ふね》のデッキから地上《ちじょう》を見《み》おろす。すると、

「あっ！」

そこにはなんと、アンチヒーローズがぼくたちを見送《みおく》りにきてくれていた。曹操《そうそう》のことだから、こんなことはないと思《おも》っていたのに……。

「みんな！」

ぼくはうれしくて、柵《さく》から体《からだ》をのりだした。するとアンチヒーローズは、わっと歓声《かんせい》をあげて、こっちを見《み》てくれる。

「じゃあな！　小僧《こぞう》！　今度《こんど》きたときは！　かわいい眼帯《がんたい》をプレゼントしてやる！」

夏侯惇《かこうとん》が手《て》をふると、

「また、それがしを三振一番《さんしんいちばん》のりにしてくだされ！」

それでいいのかと思《おも》う楽進《がくしん》の言葉《ことば》。そして、

「つぎは仲間《なかま》と一緒《いっしょ》に、そっちへいくぜ！」

そんな力強《ちからづよ》い呂布《りょふ》の声《こえ》が聞《き》こえてくる。見《み》ると呂布《りょふ》の顔《かお》は昨日《きのう》までとちがって、とても晴《は》ればれとしたものだった。

「おおっ！　あっちにも」

秀吉《ひでよし》がスタジアムのほうを指《ゆび》でしめす。

するとそこには、蜀《しょく》ファイブタイガースのみんなや、呉《ご》レッドクリフターズのみんな、それに助《すけ》っ人《と》にきてくれたライバルたちが、スタジアムの壁《かべ》によじ登《のぼ》って、こっちに手《て》をふってくれていた。

ぼくは胸《むね》がおどりだすほどうれしくなり、頭《あたま》の上《うえ》で両手《りょうて》を大《おお》きくふる。そしてみんなの声《こえ》を聞《き》きながら、ゆっくり日本《にほん》へとむけて出発《しゅっぱつ》した。

あれから一週間後《いっしゅうかんご》の現世《げんせ》

「どうする、虎太郎《こたろう》……」

現世《げんせ》にもどって初《はつ》の試合《しあい》。キャッチャーがマウンドにきて、そう話《はな》しかけてくる。

そう。現世《げんせ》の野球《やきゅう》チームで、いま、ぼくたちは困《こま》っていた。

なぜなら相手《あいて》は地元《じもと》のライバルチーム。前《まえ》にぼくたちが地区《ちく》トーナメントを優勝《ゆうしょう》したと聞《き》いて、試合《しあい》をもうしこんできた強豪《きょうごう》だ。

地区王者《ちくおうじゃ》として、絶対《ぜったい》に負《ま》けたくない試合《しあい》。

だけど状況《じょうきょう》はよくない。いまはウチが一点《いってん》リードしているけど、九回裏《かいうら》、ツーアウトまできて味方《みかた》のエラーがかさなり、満塁《まんるい》で三番打者《ばんだしゃ》という大《だい》ピンチだ。

「まったく、あいつら。かんじんなところでエラーしやがって……」

キャッチャーがミットで口《くち》をかくして、そういった。でも、ぼくは首《くび》を横《よこ》にふる。

「たしかにエラーはよくないけど。でも、責《せ》めるのはちがうと思《おも》う」

「え、どうしてだよ、虎太郎《こたろう》」

「だって、いままで助《たす》けあってきたじゃない。今度《こんど》はぼくが助《たす》ける番《ばん》だよ」

「――できるのか？」

「やってみる。これも、のりこえなきゃいけない壁《かべ》のひとつだから」

「え、壁《かべ》……？　ま、まあ、たしかにそうかも、な。うん」

ぼくのこたえに、キャッチャーの友《とも》だちは首《くび》をかしげた。そして「たのむぞ」といいのこして、守備位置《しゅびいち》にもどっていく。ちょっと混乱《こんらん》させせちゃったみたいだ。

ぼくはにがわらいをうかべてから、バッターボックスにたつ打者《だしゃ》を見《み》た。ミートがとくいなバッターで、今日《きょう》は一本《いっぽん》、ヒットを打《う》たれている。

——正念場《しょうねんば》だ。

ここでふんばらないと。エラーしたチームメイトたちは、きっとぼくに期待《きたい》している。それならぼくがこのバッターをアウトにして、チームがひとつになることの意味《いみ》を、みんなにしめさないといけない。

もちろん、三振《さんしん》になんてこだわらない。むしろエラーしたチームメイトのところに打球《だきゅう》が飛《と》んでくれたら、きっといいプレーをして自信《じしん》をとりもどしてくれると思《おも》う。教《おし》えられてばかりじゃいけない。地獄《じごく》で教《おそ》わったことを、みんなにも伝《つた》えないと。

さあ、いくぞ！

ぼくは足《あし》をあげると、背中《せなか》に右《みぎ》ひじをまわす。そして相手《あいて》を見《み》すえた、そのとき——。

『——強《つよ》くなったな、虎太郎《こたろう》』

信長《のぶなが》の声《こえ》が、はっきりと耳《みみ》にはいってきた。

ぼくはその声《こえ》にこころが弾《はず》む。そしてそれにこたえるような気持《きも》ちで、キャッチャーミットめがけて、こんしんの球《たま》を投《な》げこんだ。

本《ほん》作《さく》品《ひん》に登《とう》場《じょう》する歴《れき》史《し》上《じょう》の人《じん》物《ぶつ》のエピソードは諸《しょ》説《せつ》ある伝《でん》記《き》から、物《もの》語《がたり》にそって構《こう》成《せい》しています。

集英社みらい文庫

戦国《せんごく》ベースボール

三国志《さんごくし》トーナメント編《へん》④決勝《けっしょう》！信長《のぶなが》vs《バーサス》呂布《りょふ》

りょくち真太《しんた》 作

トリバタケハルノブ 絵

ファンレターのあて先
〒101-8050 東京都千代田区一ツ橋2-5-10 集英社みらい文庫編集部
いただいたお便りは編集部から先生におわたしいたします。

2017年 2月28日 第1刷発行
2020年 3月17日 第5刷発行

発行者 北畠輝幸
発行所 株式会社 集英社
〒101-8050 東京都千代田区一ツ橋2-5-10
電話 編集部 03-3230-6246
読者係 03-3230-6080
販売部 03-3230-6393(書店専用)
http://miraibunko.jp
装丁 小松 昇(Rise Design Room) 中島由佳理
印刷 大日本印刷株式会社 凸版印刷株式会社
製本 大日本印刷株式会社

★この作品はフィクションです。実在の人物・団体・事件などにはいっさい関係ありません。
ISBN978-4-08-321358-8 C8293 N.D.C.913 186P 18cm

楽《たの》しすぎる夢《ゆめ》の1冊《さつ》!!!

もしも…

戦国武将《せんごくぶしょう》が小学校《しょうがっこう》の先生《せんせい》だったら…!?

本能寺《ほんのうじ》の変《へん》で織田信長《おだのぶなが》が死《し》んでいなかったら…!?

大阪城《おおさかじょう》があべのハルカス級《きゅう》の高《たか》さだったら…!?

戦国武将《せんごくぶしょう》がYouTuber《ユーチューバー》だったら…!?

サッカー日本代表《にほんだいひょう》が戦国武将《せんごくぶしょう》イレブンだったら…!?

野球日本代表《やきゅうにほんだいひょう》が戦国武将《せんごくぶしょう》ナインだったら…!?

織田信長《おだのぶなが》が内閣総理大臣《ないかくそうりだいじん》だったら…!?

毛利元就《もうりもとなり》の「三本《さんぼん》の矢《や》」が折《お》れてしまったら…!?

武田信玄《たけだしんげん》の「風林火山《ふうりんかざん》」に一文字《ひともじ》くわえるなら…!?

上杉謙信《うえすぎけんしん》が義《ぎ》の武将《ぶしょう》ではなかったら…!?

いちばんは
誰《だれ》ですか!?

いちばんモテる武将《ぶしょう》は？

いちばんケンカの強《つよ》い武将《ぶしょう》は？

いちばん頭《あたま》のいい武将《ぶしょう》は？

いちばんダサいあだ名《な》の武将《ぶしょう》は？

いちばん教科書《きょうかしょ》で落書《らくが》きされた武将《ぶしょう》は？

どんな敵《てき》でも、受《う》けてたつ!!

「みらい文庫《ぶんこ》」読者《どくしゃ》のみなさんへ

言葉《ことば》を学《まな》ぶ、感性《かんせい》を磨《みが》く、創造力《そうぞうりょく》を育《はぐく》む……、読書《どくしょ》は「人間力《にんげんりょく》」を高《たか》めるために欠《か》かせません。たった一枚《いちまい》のページをめくる向《む》こう側《がわ》に、未知《みち》の世界《せかい》、ドキドキのみらいが無限《むげん》に広《ひろ》がっている。これこそが「本《ほん》」だけが持《も》っているパワーです。

学校《がっこう》の朝《あさ》の読書《どくしょ》に、休《やす》み時間《じかん》に、放課後《ほうかご》に……。いつでも、どこでも、すぐに続《つづ》きを読《よ》みたくなるような、魅力《みりょく》に溢《あふ》れる本《ほん》をたくさん揃《そろ》えていきたい。読書《どくしょ》がくれる、心《こころ》がきらきらしたり胸《むね》がきゅんとする瞬間《しゅんかん》を体験《たいけん》してほしい、楽《たの》しんでほしい。みらいの日本《にほん》、そして世界《せかい》を担《にな》うみなさんが、やがて大人《おとな》になった時《とき》、「読書《どくしょ》の魅力《みりょく》を初《はじ》めて知《し》った本《ほん》」「自分《じぶん》のおこづかいで初《はじ》めて買《か》った一冊《いっさつ》」と思《おも》い出《だ》してくれるような作品《さくひん》を一所懸命《いっしょけんめい》、大切《たいせつ》に創《つく》っていきたい。

そんないっぱいの想《おも》いを込《こ》めながら、作家《さっか》の先生方《せんせいがた》と一緒《いっしょ》に、私《わたし》たちは素敵《すてき》な本作《ほんづく》りを続《つづ》けていきます。「みらい文庫《ぶんこ》」は、無限《むげん》の宇宙《うちゅう》に浮《う》かぶ星《ほし》のように、夢《ゆめ》をたたえ輝《かがや》きながら、次々《つぎつぎ》と新《あたら》しく生《う》まれ続《つづ》けます。

本《ほん》を持《も》つ、その手《て》の中《なか》に、ドキドキするみらい――。

本《ほん》の宇宙《うちゅう》から、自分《じぶん》だけの健《すこ》やかな空想力《くうそうりょく》を育《そだ》て、〝みらいの星《ほし》〟をたくさん見《み》つけてください。

そして、大切《たいせつ》なこと、大切《たいせつ》な人《ひと》をきちんと守《まも》る、強《つよ》くて、やさしい大人《おとな》になってくれることを心《こころ》から願《ねが》っています。

2011年《ねん》　春《はる》

集英社《しゅうえいしゃ》みらい文庫編集部《ぶんこへんしゅうぶ》